松尾芭蕉を旅する

英語で読む名句の世界

ーター・J・マクミラン

講談社

はじめに　――芭蕉とともに旅に出よう

I

松尾芭蕉はその生涯に幾度かの句作の旅に出ている。彼が残した紀行文の中で最も有名な『おくのほそ道』は、再び旅立つことへの強い願いとともに始まり、旅に生き、旅そのものを自らの居場所としていた古(いにしえ)の旅人たちの心が偲(しの)ばれる。芭蕉にとって、旅は精神的にも創作の面でも重要であった。彼は、「東海道の一すぢもしらぬ人、風雅に覚束なし」（東海道の道を一つも知らない人は、風雅も理解することができない）と述べたという（『三冊子』）。旅を通じて芭蕉は自らの精神を高め、その芸術的才能を大きく開花させたのだった。

しかし、芭蕉の紀行文はそのすべてが晩年に書かれたもので、最初の紀行文である『野ざらし紀行』（一六八四年）の旅から『おくのほそ道』が元禄七年（一六九四年）の夏に完成し、大坂で亡くなるまで、期間でいうとわずか十年間である。恐らくこの他にも各地を訪れてはいるだろうが、紀行文としての記録は意外に少ない。それなのに、芭蕉といえば旅の俳人というイメージを抱くのはなぜだろうか？　それは、彼自身にとって人生は旅と同じであったからだ。

日本各地を旅している時だけでなく、江戸での暮らしの中でも、その心は常に巡礼の旅を続けていた。古人の後を追って歌枕を巡る旅。動物や木々に思いを寄せる旅。人生の悲しみや虚しさに思いを馳せる旅。

芭蕉と同様、私たちも誰もが生まれてから死ぬまで、仮初（かりそめ）の人生を送る束（つか）の間（ま）の旅人だ。多くの喜びを見つける一方で、愛する人に急な別れを告げられたり、親しい友人が立ち去ったり亡くなったり、日々様々な事件に出くわす。戦争やパンデミックが起これば、瞬（また）く間にすべての人々の道行きが一変してしまう。自分の人生なのに、コントロールしきれない。そんな現実の中で旅を続けているのだ。

旅することの難しい時代に、旅について考えること。それが本書のテーマのひとつである。しかし、単に紀行文に収録されている句だけを紹介しているわけではない。どこにいようと、芭蕉の心は常に旅路を駆け巡っていたのだから。

Ⅱ

芭蕉と同様に人生そのものを旅と捉えるなら、旅の仲間として彼ほどの適任者は他には考えられないだろう。旅の途上の遊女であれ、寒さに震える猿であれ、芭蕉は旅先で出会う者を大きな哀れみを込めて描き出す。俳人であり、ただの旅人でもある芭蕉は、千年以上に及ぶ日本文化というフィルターを通して眼前の光景を捉え、記録する。彼は「観光」ではない「旅」の重要性を教えてくれる、有能なガイドでもある。単に見るだけでなく、体験することの大切さ、飛行機や自動車ではなく徒歩や馬でゆっくりと旅することの魅力を教えてくれる。

しかし、とりわけ重要なのは、真の旅とは想像力と心の旅なのだということに気づかせてくれることだ。芭蕉は発句を作る際に過去の文学作品を頼りにした。それは、文学の視点を通して世界を捉えることが、人の心の探究の旅へとつながるからだ。面白い場所を訪れ、おいしいものを食べ、疲れて帰宅することが必ずしも旅の本質ではない。意義深い体験や出会いを通じて心を豊かにし、人生の意味をより深く理解することこそが、旅の真髄なのだ。

二〇二一年末の今、海外への旅行は思いもよらぬほど困難になっている。死の幻影が全世界を重苦しく覆っている。しかし、絶望や悲しみに打ちひしがれることはない。パンデミックは私たちに人生の儚（はかな）さを教え、一瞬一瞬を懸命に生きることの大切さに気づかせてくれた。かつてのように気軽に海外へ旅することができるようになるのはまだしばらく先のことかもしれないが、この機会に日本を再発見する――あるいは今まで知らなかった日本を知る――というのも悪くないかもしれない。

また、現実の旅に出ることはできなくても、心の旅はいつでも可能だ。吉田兼好の『徒然草』に書き記されている日本的な美学は、「心の旅」の前例と言えよう。彼はこの有名な随筆の中で、花見や月見について次のように述べている。

> 花はさかりに、月はくまなきをのみ見るものかは。
> 雨にむかひて月を恋ひ、たれこめて春の行方（ゆくへ）知らぬも、なほあはれに情（なさけ）ふかし。
> 咲きぬべきほどの梢（こずゑ）、散りしをれたる庭などこそ見所（みどころ）多けれ。

（桜の花はその盛りだけを、月は曇りの無いのだけを見るものであろうか。雨に向かって見えない月を思い慕い、簾を垂らして部屋にこもり、春が暮れていく様

を知らないのも、やはりしみじみと趣深い。今にも咲きそうな梢や、花が散って
しおれた花弁が散らばった庭などにこそ、見る価値が多くある。)

兼好のこの文章に触発された芭蕉は、「霧しぐれ富士をみぬ日ぞ面白き」と詠んだ。心の目で見るからこそ、見えない富士のほうがより美しくなるのだ。

松尾芭蕉の足跡を辿りながら日本を知る旅は、何よりも素晴らしい体験となるだろう。旅のお供として芭蕉の紀行文を一冊手に取り、読みながら実際に旅を進めれば、彼の発句の魅力をさらに深く感得することができる。行く先々で地元の料理や酒を味わい、日本の伝統文化の美しさや豊かさに触れることもできる。ペンとノートを手に、自分でも俳句づくりに挑戦してみよう。俳句を通じて偉大なる「古人」たちとの結びつきを感じ、芭蕉その人とも心を通わせることができるだろう。

芭蕉の句を読むと、旅の心は「立ち止まること」であると感じる。発句に描かれた多くの瞬間は、立ち止まっているからこそ捉えることができる。今、多くの人が同じ場所に留まらざるを得ないことに焦りや不安を覚えているだろう。本書を通じて、芭

蕉の句とその英訳に触れ、それにまつわる様々なエピソードを知ることで、読者の皆さんの心により豊かな体験がもたらされることを願う。それが実際の旅であっても、心の旅であっても。

注記
本書中、芭蕉の句の現代語訳は金田房子氏による。私の英訳と異なる場合もあるが、そのような違いは、句の読みの幅を広げたり、翻訳する際の解釈の肝をよく伝えてくれると思う。

松尾芭蕉を旅する

英語で読む名句の世界

目次

春の旅

夏の旅

秋の旅

冬の旅

監修・現代語訳　金田房子

装画……©EN CORPORATION／amanaimages
装丁……相京厚史（next door design）

春の旅

Otsu folk art—
which Buddha will you portray
with the New Year's first brush?

大津絵の筆のはじめは何仏

出典

俳諧勧進牒
元禄4年（1691年・48歳）・大津（近江）

現代語訳

大津絵の書き初めにはどの仏様を描くのでしょう。

『俳諧勧進牒』によれば、芭蕉は元禄四年の三が日は句を作らず休み、正月四日に大津の乙州(おとくに)宅の歳旦吟(さいたんぎん)(年頭の俳句)でこの句を詠んだ。

「大津絵」とは、元禄の頃に大津の追分や三井寺の辺りで売られていた素朴な彩色画のことで、この句が詠まれた当時は仏画が中心だったものの、後には戯画が流行する。この句からは、歳旦吟が詠まれた大津という土地への挨拶の気持ちと、近頃評判の大津絵に芭蕉が興味を持ったことがうかがえる。

英訳にあたっては、当初、「大津絵」をどう訳すか、何の仏を描いているか分からない点が難しいと思っていた。しかし「大津絵」を「Otsu folk art」とし、「何仏」は「which Buddha will you portray?」と表現することですんなり落ち着き、自分でも驚いた次第だ。

芭蕉は目新しい物に興味を示したり、評判になったものを嬉々として見に行ったり、句に詠んだりしたそうだ。この句にも彼のそんな姿が窺(うかが)えるが、大衆文化をそのままの言葉で取り込むことが出来るのは、俳句の強みであろう。日常の言葉の使用によって、正月の行事で大津絵に仏を描く、生き生きとした民衆の姿を想像することができる。その光景は、仏教徒ではない私にも、大津の人々の生活の中に満ちた信仰心を感じさせる。そうした意味で、民俗学的に見ても面白い句だと思う。

The scent of plum blossoms
on the mountain path—Wow!—
Before my eyes, a huge sun rising.

むめが丶にのつと日の出る山路かな

出典

すみだはら
元禄7年（1694年・51歳）

現代語訳

夜明け方の薄暗い山路を旅して行くと、ふっとかぐわしい梅の香がして、折しも大きくあたりを照らす朝日がのっと顔を出した。

「山路」と「梅が香」との取り合わせは、「山路梅花」という歌題があるように、それほど新しいものではない。和歌において梅が詠まれる場合は、その花の白さを雪に見立てたり、鶯と取り合わせたりするほか、その香りを讃えるという詠み方も伝統的なものであった。

それに対して、この句では、和歌で馴染み深い情景を取り上げながらも、「のっと」という口語的表現を用いている点が新しい。この「のっと」という俗な表現によって、日常の一瞬を捉える俳諧らしさと新鮮さを引き出すことに成功している。「のっと」は、突然目の前に大きく姿を現わすニュアンスの言葉で、「ぬっと」と同じである。朝日に「やあ」とでも呼びかけるように、親しみを込めて日の出を歓迎する旅人の気持ちが表れているように感じる。

英訳では、「Before my eyes」と「Wow!」を用いて、「のっと」という言葉が持つ親近感や、驚きと喜びのニュアンスを表現することを試みた。

冷ややかながらも清らかな春の早朝の感動が、巧まずユーモラスに詠み込まれた「軽み」の名句であり、梅の香のかぐわしさと朝日のすがすがしさ、嗅覚と視覚の両方から春の希望が感じられる。また、眼前に現れる大きな太陽の美しさへの感動は、日の出とご来光を愛する現代人にも通じるものだろう。

In the depths of Seta,
go see otters lining up their fish
as if they are festival offerings.

獺（かはうそ）の祭見て来よ瀬田のおく

出典

花摘
元禄3年（1690年・47歳）・上野（伊賀）

現代語訳

折しも七十二候の獺祭の頃ですから、膳所（ぜぜ）へ帰られる道すがら瀬田川に流れこむ川の奥に寄り道をして、獺が先祖を祀（まつ）るように魚を並べる様子を見て来てください。

「獺」は、水辺に生息するイタチ科の動物で、水中に潜って魚や蛙を捕まえ、それを食べる。また、獺には、捕まえた魚などを岸辺に並べる習性があり、「獺の祭」は、その習性を祖先への祀りに喩(たと)えた表現である。俳諧においては、七十二候の一つ「獺魚を祭る」をふまえた「獺の祭」として、初春の季語として用いられた。

風国が芭蕉句を集めて元禄十一年に刊行した『泊船集(はくせんしゅう)』に許六が書き込みをした本が伝わるが、この書き入れによれば、伊賀まで訪ねてきた膳所の洒堂(しゃどう)が帰る際に、餞別として、帰路のことを思いながら詠んだ句で、軽妙な口調に、風流を理解し合う者同士の親しみが感じられる。

瀬田川は琵琶湖に源を発して、淀川となり大阪湾に流れ込む川だから、下流しかない。ここで「奥」という言葉が使われているのは、瀬田川に流れ込む「田上川」がイメージされているからだろう。英訳では depths で「奥」を表すことにした。

獺を擬人化し、魚を並べる様子をお祭りに見立てる、七十二候の発想はとても魅力的だ。その後の改暦（貞享暦）で「獺祭魚」はなくなってしまったが、季語として残った。現在も当然「獺祭魚」はないが、人が捧げ物をするように、獺が魚を並べている光景はコミカルで、芭蕉の「見て来よ」という呼びかけに応じて、私も思わずこのお祭りを見に行きたくなった。

丈六（ぢやうろく）にかげろふ高し石の上

出典

笠の小文
貞享5年（1688年・45歳）・阿波（伊賀）

現代語訳

一丈六尺の仏様の高さと同じにかげろうがゆらいでいる。今は台座のみの廃墟の寺でかつての仏像の荘厳を幻視させるかのように。

Above the dais where he used to sit,
a shimmering haze rises
to the height of the Great Buddha.

新大仏寺の遺跡で詠まれた句である。新大仏寺は建仁二年(一二〇二年)に重源が創建したとされるが、寛永十二年(一六三五年)に山崩れによって埋没してしまった。『笈の小文』の紀行本文では荒廃し果てたさまが記されており、芭蕉が参詣した際には、積み上げられた石塊の傍らに、壊れた尊像の首だけが安置してあったという。「丈六」は一丈六尺(約四・八メートル)のことであり、ほとんどの仏像がこの一丈六尺を規準として造られていた。また、「石」とは仏像を載せるための石造りの蓮台のことである。

この句の翻訳は難しいかと懸念していたが、意外とうまく訳せたように思う。ポイントとなったのは「丈六」をどう表現するかである。英語の詩で「some five meters」とすると、あたかも陽炎の寸法を測っているようで説明的になってしまう。そこで数字を入れずに、「to the height of the Great Buddha(仏像の高さまで)」と訳出した。こうすると、陽炎が強調され、それが仏と同じ高さまで美しく立ち上がっている様子を表すことができて、情緒のある句に仕上がった。

一句の中でも、陽炎と御仏の重ね合わせは肝である。芭蕉は揺らめく陽炎に、今は壊れてしまった尊像の元の姿、そしてその尊さと儚さを見たのではないだろうか。芭蕉の旅からはいつも彼の深い信仰心を感じる。

種芋(たねいも)や花のさかりに売(うり)ありく

出典

をのが光
元禄3年(1690年・47歳)・上野(伊賀)

現代語訳

人々が花見にうかれたつ花の盛りに、山里では種芋を売り歩く人がいるよ。

Walking around hawking
muddy taro seed potatoes
under blossoms in full bloom.

Walking around hawking
muddy taro seed potatoes—
cherry blossoms in full bloom.

芭蕉は元禄三年、一月四日から三月初旬まで伊賀に滞在しており、この句も伊賀で詠まれた。

「種芋」は種にする芋のことで、ここでの「種芋」はさつまいもではなく、さといもである。芋と言えば、普通は八月十五夜の月見の際に供えるものなのに、花見の季節に芋を売り歩いていることのちぐはぐさを興じた句であろう。

芋に付いた泥と美しい花の世界の対比はとても絵画的だ。花は美の象徴だが、そこにあえて泥のイメージを並べることで、常識的な美がさらに深いものになっている。こうした美の見せ方は、まさに芸術そのものだと思う。また、「売ありく」という表現からは庶民の生活感がにじみ出ていて、俳句らしさの中に、人間味や切なさまでもが感じられる。この句には二つの訳をつけている。（一八三ページ参照）

私はこの句からアメリカの詩人、シルヴィア・プラスの詩を思い出した。彼女は、西洋の芸術分野で最も地位の高いポエム（詩）が何と、じゃがいもに負けるという詩を詠んでいるのだ。普段芸術では見向きもされないじゃがいもの価値について、機知に富んだ表現と、哲学的な深みをもって述べられる。常識に反する態度によって、逆に詩の素晴らしさを伝える彼女の感覚は、芭蕉の句に共通する。東西の文化の違いを越えて、さといもとじゃがいも、同じ芋が美との対比に使われている点も神秘的だ。

Under gentle spring rains,
delicate two-pronged
sprouts of aubergine emerge.

春雨やふた葉にもゆる茄子種（なすびだね）

出典

岨の古畑
元禄3年（1690年・47歳）・上野（伊賀）

現代語訳

煙るように細かな春雨に濡れつつ、茄子の種が萌（も）え出して二葉に成長している。

底本では、この句に続いて「此たねとおもひこなさじとうがらし」と「種芋や花のさかりに売ありく」が掲載され、前書に「三草の種」とあるのは、茄子・唐辛子・芋のことであるとわかる。「春雨」が本来持っている、植物を育てるイメージが生かされた一句であると言えよう。

和歌において、人の幼少期を例える際にも使われてきた「二葉」には、どことなく初々しく優雅な雰囲気が漂う。そのイメージから現在でも校名などに用いられる語である。「萌ゆる」も音の響きが美しく、優美な言葉だ。こうした雰囲気の語に続けることで、「茄子種」にはより一層俗っぽさが感じられて、俳句らしい。

私の故郷・アイルランドではイギリス英語が使用されているが、個人的な好みで、私は翻訳にアメリカ英語を使っている。だが、今回の「茄子」には一句の優美な雰囲気を表すため、あえてイギリス英語をあてた。アメリカ英語の「eggplant」は茄子の形が想像しやすく、日本人に馴染みのある単語だ。一方、イギリス英語では「茄子」を「aubergine」と言う。実はこれはフランス語、カタロニア語、アラビア語、サンスクリット語等々、諸国の言語にルーツがあり、古の響きを持った、趣のある言葉なのである。その響きを活かして、「emerge」と一文の中で韻を踏んでみた。

In the cry of the pheasants
—who love their children so—
how much I miss you, Mother, Father.

ちゝはゝのしきりにこひし雉の声

出典

笈の小文
貞享5年（1688年・45歳）・高野山（紀伊）

現代語訳

多くの魂が眠る霊場高野山で、静けさの中に甲高く聞こえたのは子を思うことが切であるという雉の声。それを聞くと今は亡き父母の思い出が胸に迫り、ひとしお恋しさがつのる。

この句は多くの魂が眠る霊場高野山で詠んだ句で、奈良時代の高僧、行基菩薩が高野山で詠んだとされる「山鳥のほろほろと鳴く声聞けば父かとぞ思ふ母かとぞ思ふ」（玉葉集・釈教）を踏まえたものである。「山鳥」を「雉」とアレンジしているのは、謡曲「唐船」に「親の子を思ふ事。人倫に限らず。焼野の雉子、夜の鶴。梁の燕も皆子ゆゑこそ物思へ」とあるのを踏まえたのかもしれない。また、北村季吟の『山之井』の雉の条にも、「子を思ふきじはなみだのほろろ哉」とあり、当時、雉が「子を思う親心」と結びつくのは一般的な認識であった。なお、芭蕉の父は芭蕉が十三歳の折に、母は芭蕉が四十歳の折に亡くなっている。

英訳では、意味のつながりを補うために、二行目に「子を思う親」という表現を付け加えた。また英語では「父母」ではなく、「Mother, Father」とするのが一般的なので、原文の語順とは異なるが、こちらを採用した。

雉が子を思う親を象徴するという当時の日本の常識を英訳に落とし込むことはなかなか難しい。偶然にも、私は、生まれ育ったアイルランドの田舎で雉の声を聞いたり、家の前の畑で雉の姿を見かけることがよくあったので、私にとっても雉は故郷や母を思い出すものである。

草の戸も住替る代ぞ雛の家

With the new resident,
my grass hut will become
a house of dolls.

The new owner's accession
will turn my grass hut
into a house of noble dolls.

出典

おくのほそ道
元禄2年（1689年・46歳）・江戸（武蔵）

現代語訳

私が住んでいた侘しい草庵も、住人がかわって華やいだ雛を飾る家となった。（雛の世界も新しいお内裏様の御代となったのであろうか。）

「草の戸」は草庵、すなわち芭蕉庵のこと。この句は、『おくのほそ道』の冒頭「月日は百代の過客にして……」とも呼応しており、奥州への旅に際し庵を手放した芭蕉の、万事が移り変わってゆくことに対する感慨が込められた句であると考えられる。

「雛の家」とは、雛人形が飾られた家のこと。現在の雛祭りは、中国から伝来した上巳(じょうし)の祓(はらえ)という行事と、人形に身の穢(けが)れを移して祓う日本古来の風習、人形遊びなどが長い歳月を経て融合し、生まれたものだとされている。現在のように雛人形を飾ることが一般的になったのは、江戸時代前期頃のことで、芭蕉は、まだ目新しい行事の様子に興味を抱き、この句を詠んだのかもしれない。

この句では二通りの英訳を試みた。まず、この句を英訳する際に、「替る」の訳語として、最初に「change」が思い浮かんだのだが、実はこの「change」という語にはネガティブなニュアンスが含まれる場合もある。そこで一つ目の訳では「new resident（新しい住人）」という語を用いた。もう一つは、「世」ではなく「代」の字が使われていることに注目し、雛人形の世界で新しいお内裏様の御代になったというユーモアを読み取った深沢眞二氏の説に基づき、「accession」と「noble」という語を使用した。個人的には、二つ目の訳が気に入っている。

On this mountain path,
somehow tugging at my heart—
a wild violet.

山路来て何やらゆかしすみれ草

出典

野ざらし紀行
貞享2年（1685年・42歳）・大津（近江）

現代語訳

山路を旅していると足もとに菫草が咲いている。懐旧の思いをさそう菫草に何となく心惹かれ、遠い昔も偲ばれる。

『野ざらし紀行』に「大津に至る道、山路をこえて」という文に続いて載せられており、伝統的な題材である滋賀の山越えの句と位置づけられている。

この句では道端に咲く可憐な菫の花に対する言い表しがたい感情を、そのまま「何やらゆかし」と素直に表現した点に魅力がある。

私は芭蕉が句に詠み込む花のセンスに、いつも感動している。菫は『万葉集』『新古今集』などで、懐旧の思いと共に詠まれる花だ。それゆえ、旅中の身には「ゆかし」と慕わしく、懐かしく感じられたのだろう。英語でも菫は多くの詩に詠まれている。日本在来種の菫と外国の詩に詠まれる菫は種類が違うらしいが、どちらも美しく可愛らしい姿だ。

「きらきら星」の英語詩で有名なジェーン・テイラーは、菫の人目につかない立ち姿を見て、「That I may also learn to grow/In sweet humility」と、自分もその謙虚さに学びたいという詩を詠んだ。また、最近ではスコットランドの詩人ドニー・オ・ロークが、ホテルの歯ブラシ立てに菫の花を一輪生けるだけで、部屋を庭園の東屋(あずまや)や、木陰の休息所、幽谷に変えると詠んでいる。なお、現代の英語には、shrinking violet(引っ込み思案)という表現があり、ここにも菫の花の繊細さがうかがえる。

At Hatsuse of that famed grudge
—mountain cherry blossoms—
merry crowds!

うかれける人や初瀬の山桜

出典

続山井
寛文7年（1667年・24歳）以前・初瀬（大和）

現代語訳

名所初瀬の山桜も今が見頃、人々がにぎやかに花見に浮かれたって行くよ。

この句では、「憂かりける人をはつせの山おろしよはげしかれとは祈らぬものを」（千載和歌集）という源俊頼の歌を踏まえて、「憂かりける」が「浮かれける」に、「山おろし」が「山桜」にアレンジされている。

「初瀬」は現在の奈良県桜井市にある長谷寺の門前町であり、桜の名所でもあった。もとの歌では、長谷寺の観音様に祈ったにもかかわらず、恋の相手はつれなく、山颪（やまおろし）の風は冷たいという、つらく苦しい心情が詠まれている。一方、この句では、「憂かりける」を「うかれける」に替えることで、つれない人を花見で浮かれる人々に、激しい山颪をのどかに咲き誇る山桜に置き換え、孤独な恋のつらく苦しい思いは、天下泰平の世の明るい群衆へと劇的に変化している。

英訳にあたっては、初瀬が花の名所であることと、俊頼の歌を踏まえていることを伝えるために試行錯誤した。最終的には、もとの歌を知らなくても、つらい恋から浮かれた花見への劇的な変化が感じ取れるように、一行目に「that famed」を加えた。また「mountain cherry blossoms」を二行目のつらさと、三行目のうきうきとした人々の間に挟み込むことによって、前後どちらにもかかるようにしている。この句からは、雅（みやび）な和歌の世界を背景として、そこから羽ばたいていった俳句の新たな息吹が感じられる。

The same as they were long ago,
they recall so many memories—
cherry blossoms!

さまぐの事思ひ出す桜哉（かな）

出典

笈の小文
貞享5年（1688年・45歳）・上野（伊賀）

現代語訳

若くして逝った旧主の庭園でその頃と変わらぬ花を咲かせる懐かしい桜を目にした今、さまざまな追憶の思いが押し寄せてくる。

この句は、真蹟懐紙や『蕉翁句集』の前書から、探丸が催した花見の席で詠まれたものであるとされる。探丸とは、芭蕉が若い頃に仕えていた藤堂良忠（俳号蟬吟）の遺児・良長のこと。良忠は二十五歳で亡くなっており、芭蕉には、この年二十三歳であった探丸に、良忠の面影が重なって見えたのかもしれない。

芭蕉はこの句において、桜に複数の意味を込めることで、友情のしみじみとした美しさを描写している。まず、桜は儚さの象徴だ。ゆえに若くして亡くなった主人の、短く儚い人生とぴったり重ね合わせられる。また、美しい桜の花に人を連想する点は、二人の友情が特別なものであったことを感じさせる。そして、最も効果的なのが、桜の花弁が思い出の数々と重ねられている点である。桜の花弁はとても数え尽くせるものではない。そこにオーバーラップする芭蕉の良忠との記憶も、数え切れないほど多くあったのだろう。

この句は芭蕉の成熟期の作品だが、思いの丈が思わず口をついて出てきてしまったかのような、技巧の少ない句である。しかし「桜」という景物の持つイメージが十分に活かされており、こうして一句の完成度を高められた俳句は、たった十七音とは思えない力強さを持つのである。

Beneath the cherry blossom tree
in soup, on fish salad—
scattering petals.

木のもとに汁も鱠も桜かな

出典

ひさご
元禄3年（1690年・47歳）・上野（伊賀）

現代語訳

かつて西行が愛でた桜の木のもと。今も木の下で花見の宴遊をする人々の汁も鱠も落花におおわれてゆく。

この句は元禄三年三月二日に、伊賀の風麦亭で行われた連句の発句として作られたものである。伊賀での連句は初心者の指導を目的として開催されていたが、芭蕉はそれだけでは満足できなかったのか、三月下旬ごろに、膳所において、洒堂・曲水(きょくすい)と共に三吟歌仙を改めて巻き直している。

「汁」は汁物のことで、「鱠」は魚介類や野菜を酢で和えた料理である。「汁も鱠も」と具体的に身近な食べ物が詠み込まれており、俳諧らしい軽みを感じられる。

また、謡曲「西行桜」の一節を持つ前書も伝わっており、初心者たちに向けて、花に憧れ日を暮らす西行の面影を踏まえて、句を読んでほしいという芭蕉の意図が感じられる。

この句で素晴らしいのは対比だ。「西行桜」は、西行とともに老木の精が登場する、幽玄な美しさのある能の演目である。花見というのも、自然崇拝を感じさせるスピリチュアルな側面を持つ行為といえよう。対して、食べ物は日常であり、食べる行為は一種のケガレだ。こうした対照的なものを一句の中に詠み込むことで、儚い美しさとともにリアリティを感じさせている。特に、幻想的な花弁が食べ物に降りかかる描写は、日常と非日常が絶妙なバランスで融合しており、一方だけの描写では表し得ない美しさが感じられる。

What could that tree be
whose blossoms I do not know?
Sacred fragrance!

何の木の花とはしらず匂哉

出典

笈の小文
貞享5年（1688年・45歳）・山田（伊勢）

現代語訳

伊勢の外宮の神域に漂う花の匂いは、何の花かわからないながらも、西行が「何事のおはしますをば知らねども」と詠んだように、ゆかしく有り難く感じられる。

貞享五年二月四日に伊勢の外宮に参詣した際に詠まれた句である。西行が詠んだとされる「何事のおはしますをば知らねどもかたじけなさに涙こぼるる」（西行法師家集）という歌を踏まえ、伊勢神宮の言葉に表せないほどの神々しさを象徴するものとして花の匂いが詠まれている。

真蹟懐紙には「西行のなみだ、増賀の名利、みなこれまことのいたる処なりけらし。」という前書がある。「増賀」の「まこと」とは、増賀上人の真摯な修行のことを指しており、芭蕉にとって、西行の面影と真理の認識という観念とは分かちがたく結びついていたようだ。

「何事のおはしますをば知らねども」という西行の歌は、何に対する感動であるのか明言されていないにもかかわらず、「涙こぼるる」という結びとあいまって、何とも言えない神々しさが見事に表現されており、明言しないことがむしろ効果的である。芭蕉の句には、言外に西行の「涙こぼるる」という感慨を読ませる意図がある。ここからは彼の西行に対する尊敬の念が窺えるが、文字通りの英訳だけでそこまで読み取ることは難しい。そこでこうした背景を補うために、「素晴らしい香り」と「神々しい香り」という二つの意味を持つ「sacred fragrance」を用いた。

On my journey—as if in a Noh play—
I sleep under the shade
of cherry tree blossoms.

はなのかげうたひに似たるたび寝哉

出典

真蹟懐紙
貞享5年（1688年・45歳）・平尾（大和）

現代語訳

桜の咲く一夜、宿を貸してくれた主のもてなしは温かく、まるで謡曲のシテ（主人公）が花の下臥しをしているかのように夢幻の世界の趣に心を遊ばせることができました。

「うたひに似たる」の「うたひ」とは謡曲のこと。謡曲では、「鉢木(はちのき)」などのように、旅僧が貧しい家に一夜の宿りを乞うという場面がよく見られる。また、「はなのかげ」に「たび寝」をするという構想も、複数の謡曲に見られる。例えば「二人静」には「頃は春、所はみ吉野の、花に宿借(か)る下臥(したぶし)も」とあるほか、「吉野天人」や「忠度」にも同じような表現が見られる。芭蕉は、これらの表現を思い浮かべながら自らを謡曲の旅僧に擬して、この句を詠んでいるのであろう。

多くの日本や中国の古典文学を連想させる能の演目は、芭蕉の句にとって大変豊かなリソースである。謙虚なイメージのある芭蕉が、こういった句の中では必ず自分を能の主役・シテになぞらえて詠んでいる点に、彼のナルシシズムも垣間見(かいまみ)えて微笑ましく思う。桜を句に詠むこと自体はありふれているが、能の世界観を通して芸術化された桜を詠む点にオリジナリティを感じる。

また、単に木の下にいるだけでなく、そこで眠るというのも幻想的な趣がある。吉野の桜の下で眠るイメージからは、芭蕉の敬愛する西行の歌も想起される。芭蕉はこのように幽玄な世界に生きる自分を想像し、実際の宿の主人の歓待に重ねて詠むことで、最上の挨拶としているのだ。

As night comes on and the day
of blossom viewing ends,
how lonely you seem, Dear Asunaro tree.

日は花に暮てさびしやあすならふ

出典

笈の小文
貞享5年（1688年・45歳）・吉野（大和）か

現代語訳

桜花の美しさを愛でて日を暮らし、ふと寂寥感の中に明日を待つ夕暮れ、薄暮に直立する「あすなろう」の凜とした姿に感じられた寂しさが心に共鳴する。

「あすならう」は、三十メートルほどにもなるヒノキ科の常緑樹アスナロのことを言う。「明日は檜になろう」という意から「あすなろう」という名が付けられたとの説もある。一見するとアスナロと檜は似ているが、葉の大きさや葉の裏面の白線の模様に違いがある。「あすなろう」という名からは、「あすこそは」と明日を頼む人の心も想起され、どことなく哀れな響きが感じられる。

「日」「暮れ」「あす」は縁語であり、「さびしや」は「日は花に暮て」と「あすならふ」の両方に掛かっている。

芭蕉には桜の句も沢山あるけれど、彼は「華」のない木々にも美しさを見出す人である。それは彼の発句に普遍性や永遠性を与えているが、この句はその典型で、俳句の優れたお手本だ。句の始めは「花に日を暮らす」という和歌の伝統を踏まえた表現であり、和歌の花見の雰囲気や桜に対する情が、縁語の技法とともに古典世界を描きだす。そこで登場するのが擬人化されたアスナロである。ここで句の中に日常的なイメージが生まれ、一気に俳句の世界になるのだ。

明日を頼む哀れさを感じさせるアスナロに焦点を絞っていく芭蕉は、弱い者の味方なのであろう。全ての生き物に目をかけ、他の人は見落としてしまう美にも気づくことが出来る、彼の慈悲深さを感じた。

It's usual dawn self,
the mountain is lovelier still
shrouded in blossoms in full bloom.

花ざかり山は日ごろのあさぼらけ

出典

芭蕉庵小文庫
貞享5年（1688年・45歳）・吉野（大和）

現代語訳

吉野の山の花盛り、その美しさはもちろんのことだが、あさぼらけの山のいつも変わらぬ清々しさはそれだけでもすばらしい。

この句の「山」は吉野のことである。古来、吉野は山桜の名所として知られ、ふもとの吉野神宮付近の下千本から、如意輪寺付近の中千本、吉野水分神社付近の上千本、西行庵付近の奥千本へと場所を移しながら、一か月ほど花が咲き続ける。『笈の小文』には、吉野の桜を三日間見ていたのに句を詠むことができず情けない、という旨が記されるのみで、この句は収められていない。絶景に対して歌・句を詠めないというのは、景色の素晴らしさに礼儀を払う、一種の定型表現である。

この句については、二通りの解釈が可能だと思う。一つ目は文字通り、眼前の吉野山の姿を描写したという解釈である。一方で、吉野山は絶えず美しい景色を見せてくれることを前提に、常に美しい吉野山が、花盛りを迎えたことによって、ますます素晴らしく見えるという解釈もできる。今回は後者の解釈をとり、一日の中でも特に山が美しく見える時間帯である「あさぼらけ」を「usual dawn self」とし、「lovelier still」と重ねることで一層の美しさを表した。更に、通常霧などが薄くかかった状態を表す「shrouded」によって、花に覆われていても美しい山の形がわかることを表現した。芭蕉がその場で本当に句を詠めなかったかどうかは分からないが、素晴らしい景色を前に言葉が出ないという経験は誰しも持っているだろう。

Searching for an inn at twilight
tired from a long day's journey—
Encountering, wistfully, wisteria.

草臥(くたびれ)て宿かる比(ころ)や藤の花

出典

笠の小文
貞享5年（1688年・45歳）・大和

現代語訳

大和路を来て一日の旅に疲れ果て、宿を借りようとする黄昏時、薄紫の優美な藤の花房が垂れている様も物憂げに見える。

貞享五年四月二十五日付の惣七宛書簡に見える「ほとゝぎす宿かる比の藤の花」が初案で、もとは夏の句であった。『猿蓑』には「大和行脚のとき」と前書があり、古都のあった地を旅する物思いが、現実的な旅の疲れの中に捉えられている。

また、たそがれ時の藤の花は、白楽天「紫藤の下に漸く黄昏たり」（和漢朗詠集・三月尽）や、「我が宿の藤の色濃き黄昏に尋ねやは来ぬ春の名残を」（源氏物語／我が家の藤の花の色が濃い夕暮に行く春の名残を尋ねにいらっしゃいませんか）と、ゆく春を惜しむ心とともに詠まれており、古典的な風景を幻視させるものであった。

旅の疲れと藤の花の美しさが対比された句である。花の美しさは癒しを与えると同時に、切なさを感じさせるものだ。一日の疲れを抱えて宿を探している際に、美しい藤の花に出会えば、誰でもこの句に深く共感できるはずだ。そうした点で、普遍的な句と言えよう。

私は旅と観光は異なるものだと考えている。第一の違いは、観光が目的地での体験を楽しみとするのに対し、旅はそこに行くまでの困難も含め、道程そのものが楽しみである点だ。現在の日本は便利すぎて旅には向かないが、知らない場所を訪ねる過程自体を楽しみたい。

The heart of Yoshinaka—
Early spring sprouts
piercing through the snow.

木曾の情(じやう)雪や生(はえ)ぬく春の草

出典

芭蕉庵小文庫
元禄４年（１６９１年・48歳）・膳所（近江）

現代語訳

木曾に育ち平家を破って武名をとどろかせた木曾義仲の逆境に耐える気概のように、山国木曾の厳しい風土に生える春の草は雪の下から強く芽を出す。

『旅寝論』にこの句が詠まれた際の、次のようなエピソードが残っている。ある年、門人達が芭蕉のもとに集まって木曾塚の句を詠んだが、芭蕉はどれ一つとして可としなかった。彼は「すべて物の讃や名所などの句は、その場所のことをよく知るのが大事だ」と語ったという。

「木曾の情」には、木曾塚に埋葬されている義仲の思いと、その育った「木曾」という土地の風情との両義が含まれている。冷たい雪の下から萌出る春の草に、義仲の世に出ようとする強い意志と、雪深く厳しい山国の様子とが、ともに印象的に表現されている。

芭蕉が義仲に心を寄せていたことはよく知られており、生前は義仲寺の境内に無名庵（むみょうあん）という庵を結び、死後には義仲の墓である木曾塚の横に自らの亡骸を葬らせているほどである。単なる判官贔屓に留まらず、彼の潔い生き方を敬愛していたのだろう。

この句では英語と日本語の「強さ」に対する感覚の違いを感じた。鉄のように強いというのは一般的だが、まだ芽吹いたばかりの小さな草に、義仲の強さを重ねることに新鮮味を覚える。頑丈さよりも、しなやかさを強さとする日本人の精神を表しているように思う。

The passing of spring—
birds cry laments
and the eyes of fish fill with tears.

行春や鳥啼魚の目は泪

ゆくはるやとりなきうをのめはなみだ

出典

おくのほそ道
元禄2年（1689年・46歳）・江戸（武蔵）

現代語訳

惜しんでもとどめ得ぬ春が過ぎ去る頃、私も親しい人と別れて旅立ってゆく。再会できるかわからぬ惜別の情に心を動かされたかのように鳥は悲しげに鳴き、魚の目にも涙が浮かんでいるようだ。

過ぎ行く春を惜しむ句であると同時に、『おくのほそ道』本文の「幻のちまたに離別の泪をそゝぐ」とともに味わうと、奥州への出立に際して人々との別れを惜しむ句ともなっている。人間だけが春や別れを惜しんでいるのではなく、鳥や魚をはじめとする自然もともに悲しんでいるかのように詠んでいる点が魅力的である。惜春と離別の悲しみが重層的に詠まれて、『おくのほそ道』の結びの句「蛤(はまぐり)のふたみに別行秋(わかれゆくあき)ぞ」と呼応する句と考えられている。

芭蕉は意外性と矛盾の天才である。時に深い沈黙の中に虫の声を聞かせ、この句では魚の目にありえない涙を見せている。魚と言えば水の中にいるものであり、涙の有無など区別できない。その魚にまで涙が浮かぶとは、万物すべて嘆いていることを表す。芭蕉は動物も植物も、すべての生き物に共感するが、ここでも彼のそうした姿が感じられる。

現実に鳴いている鳥と、実在しない魚の目に浮かぶ涙、今まさに過ぎていく春と、和歌の伝統に詠まれてきた行く春。意外な組み合わせや矛盾のある表現は読者に衝撃を与え、かえって一句の説得力を増す。こんなことがたった十七音でどうして可能なのだろうか。それはきっと「彼が芭蕉だから」だ。

With the people of Oomi
—ancient and present—
I lament the passing of springs.

行春(ゆくはる)を近江(あふみ)の人とおしみける

出典

猿蓑
元禄3年（1690年・47歳）・唐崎（近江）

現代語訳

古来花の名所とされてきたこの近江の地で、ずっと昔から惜しまれてきた過ぎゆく春。今年の春の行方を私は親しい近江の人々と惜しむことだ。

この句は、近江の門人たちとともに唐崎で琵琶湖に舟遊びした際に詠まれた句とされている。芭蕉の門人である尚白は、この句について、「近江」を「丹波」に、「行春」を「行歳」に変えても構わないのではないかと、「近江」の「春」であることの必然性に疑問を呈した。それに対して芭蕉は、近江では古の人も春を愛でてきた、その土地だからこその句であると応じている。この芭蕉の言葉を踏まえれば、「近江の人」というのは近江の知己のみならず、近江の春景色を愛し、行く春を惜しんで歌に詠んできた古来の風流人をも含めて詠まれた句であると考えられる。そのため、英訳する際にも、「ancient and present」という言葉を補った。

　実際に、琵琶湖は「淡海の海」や「鳰の海」とも呼ばれ、くり返し和歌に詠まれてきただけでなく、琵琶湖に臨む志賀の唐崎も、花咲く春ののどかな風景が和歌に詠まれてきた。このように、文学的なイメージと結びついた土地の名を「歌枕」と言い、芭蕉は、この歌枕としての近江の歴史を重んじていたのだろう。芭蕉は、その生涯において何度も旅をくり返し、多くの紀行文と句を残しているが、それらを読めば、彼がいかに古人ゆかりの地に心を寄せ、歌枕をめぐっていたのかが、ありありと伝わってくる。つまり、芭蕉は、文学の目を通して土地を見ていたのであり、心の目で旅をしていたのだとも言えよう。

夏の旅

Hanging out behind the waterfall
makes me feel as if I've gone into retreat—
The beginning of summer.

暫時は滝にこもるや夏の初

出典

おくのほそ道
元禄2年（1689年・46歳）・日光（下野）

現代語訳

折から夏安居の始まりの時節、修験者の修行の地のこの裏見の滝の裏の岩窟に行くと、しばらく夏籠もりのまねごとをしたかのようだ。

「滝」は、日光の裏見の滝のことで、日光山東照宮から六キロメートルほど奥にあり、滝の裏側に回ることができる。この句の「夏」は夏安居（夏籠もり）をさし、夏安居とは、僧侶が陰暦四月十六日から七月十五日まで一室に籠って行う修行のことである。

僧侶が寺に籠って修行する夏安居と、芭蕉自身の奥州・北陸への旅は対照的であるが、いずれも世俗を離れた者の境地である。芭蕉は、修験道の聖地である裏見の滝で、旅の途中にある自分も「しばらくは」修行してみよう、というのだ。本来籠るというのは、「しばらく」という一時的なものではない。修験道に憧れる芭蕉の遊び心が感じられよう。

この句は現地で詠まれたわけではなく、紀行執筆時の作であるとされる。そうした事情もあってか、私は当初、あまりリアリティを感じず、技巧面でも少し物足りないと思っていた。しかし、「しばらく」という言葉や修行者という別の自分になってみようという発想に見られる遊び心も、彼の魅力の一つである。

芭蕉は文学の高みを目指して、生涯その作風を変化させ続けた俳人でもある。ゆえに「芭蕉らしさ」は様々な形で表れるのだ。固定観念にとらわれず、変化し続ける芭蕉の魅力を追っていきたいと思う。

At Takaku—Lodgings-on-High—
the falsetto notes of the cuckoo
fall through the sky.

落くるやたかくの宿の郭公

出典

曾良書留
元禄2年（1689年・46歳）・高久（下野）

現代語訳

ここ高久の宿では、ほととぎすの鳴き声が空高くからまるで落ちてくるかのように聞こえる。

芭蕉は、曾良とともに元禄二年四月十六日（陽暦六月三日）に高久に到着しており、この句は庄屋の高久角左衛門宅に二泊した際の挨拶吟である。「たかく」は現在の栃木県那須郡那須町高久という地名に、「空高く」と「声高く」の意が掛けられている。

旅を表現する者には観察力と描写力が必要だが、それらに加えて、遊び心がもう一つの大きな武器である。つまり、訪れた場所の名前や、その土地の動物、植物、名産品の名前を作品に織り込んで、楽しみながら表現する姿勢が大切なのだ。こうした言葉遊びによって、旅の楽しさや、旅先での発見がより一層読者に伝わってくる。これも、まさにそういった句の一つで、「高久」という地名を踏まえて、ほととぎすの声がまるで「空高く」から落ちてくるように聞こえると表現する、楽しい句である。

英訳にあたっては、「高久」に「高く」が掛けられていることを伝えるため、「〇〇-on-High」という古めかしい言い回しを補っている。また、ここには「声高く」も掛かっているが、それは「the falsetto notes」と表現し、「the falsetto」と「fall through」、「High」と「sky」はそれぞれ韻を踏むことで、英訳でも楽しい句になったと思う。芭蕉の旅の愉快さと遊び心が伝わってきて、個人的にとても気に入っている句である。

On sacred Mount Nikko
new leaves, green leaves—
radiant in the light of the sun.

あらたうと青葉若葉の日の光

出典

おくのほそ道
元禄2年（1689年・46歳）・日光（下野）

現代語訳

なんと尊いことだろう。古来霊地とされてきたこの日光の山で、新たに萌える青葉若葉に陽光が照り映えて、神仏の恵みの豊かさを感じさせる。

『曾良書留』には「あなたふと木の下暗(やみ)も日の光」とあり、真蹟には「木の下闇も」とある。室の八島から日光への道中における吟であったという。『おくのほそ道』を執筆する際に、「木の下闇も」から「青葉若葉の」に改めたものと考えられる。

言わずもがな、「日の光」には日光という地名が掛けられており、この土地への挨拶吟になっている。日光は古くから修験道の聖地として知られていた。『おくのほそ道』本文でも「御山に詣拝す」とあり「御宮」とは言っていない。芭蕉は自然と一体化して悟りを得る修験道に傾倒しており、この句には太陽や神仏、大自然に対する信仰と賛美という、様々な思いが込められているのだ。これらが、「青葉若葉」で表された初夏の季節感の中に詠み込まれている。また、十七文字の中に「青葉」「若葉」と同じ意味の言葉を重ねながらも、それがかえって効果的に響いているのは芭蕉ならではの技だろう。

ただ、日光と言えば東照宮と思い込んでいる現代の私たちが、このような背景を句から直ちに読み取るのは難しい。芭蕉の句を彼が目にした光景に即して理解するためにも、古典を伝えていく営みが必要になっていくのだと思う。

目にかゝる時やことさら五月富士

出典

芭蕉翁行状記
元禄7年（1694年・51歳）・箱根（相模）

現代語訳

富士の山容に間近でお目にかかることのできるのは旅の時だけ。五月雨のわずかな止み間、『伊勢物語』の東下りにある「五月」の富士に出会えた喜びはひとしおだ。

How special the moment
it comes into view—
Famous Fuji of summer!

Especially, especially,
coming upon the famed
Fuji of summer!

元禄七年（一六九四年）の梅雨のただ中、芭蕉は上方への旅に出発する。結果として、この旅は彼の人生最後の旅となった。

箱根の関を越えると富士山が見え、芭蕉は二つの理由で驚き、歓喜する。一つは、晴れ間が少ない梅雨時であるにもかかわらず富士の姿を拝めたこと。もう一つは、『伊勢物語』九段の「時知らぬ山は富士の嶺いつとてか鹿の子まだらに雪の降るらむ」という和歌に詠まれたのと同じ富士を自分も見ることができたことである。『伊勢物語』によれば、この和歌は「五月」に詠まれたもので、夏であるのに山頂は冠雪していた、と記されている。つまり、芭蕉の「ことさら五月富士」という表現には、梅雨時の富士と『伊勢物語』の富士、二つの予期せぬ出会いの喜びが込められているのである。

芭蕉は、わずか十七音の中に、過去の文学作品への暗示を幾層にも織り込みながら、臨場感あふれる句の数々を詠んだ。この句はまさにその好例と言えよう。その翻訳は困難の宝庫であるが、その困難を解決していくことこそが私にとっては喜びなのである。今回は改訳（一つ目）と初訳（二つ目）を紹介した。翻訳の過程の一端を感じ取っていただければ嬉しい。

In Kisagata, beautiful in rain
as the sleeping Seishi—
the pink silk tree.

象潟(きさがた)や雨に西施(せいし)がねぶの花

出典

おくのほそ道
元禄2年（1689年・46歳）・象潟（出羽）

現代語訳

象潟に雨が降り合歓(ねむ)の花が濡れそぼっている。その様は、まるで絶世の美女西施が物思いに目を閉じているかのようだ。

「象潟」は当時「きさがた」と読まれた。現在の秋田県にかほ市にあたり、景勝地として知られていた。「西施」は中国春秋時代に、越王勾践が呉王夫差に差し出したという美女の名前である。北宋の蘇東坡は、「湖上ニ飲ミ初メ晴レ後ニ雨フル」という詩において、西湖を薄化粧でも厚化粧でも魅力的な美女西施に喩え、この湖はどんな天気であっても美しいと詠んでいる。「合歓の花」は、夏に咲く淡紅色の花で、この句においては、「西施が眠り」との掛詞にもなっている。

この句では、蘇東坡の漢詩の一節を踏まえ、「雨」「西施」「合歓の花」という三つのイメージが重ねられ、もの憂げな雰囲気が漂う雨降りの象潟の情景が描き出されている。

この句は芭蕉の句の中で、私がとても好きなものの一つだ。中国古典と和歌の技法を調和させて、一句の中に気品ある美しさをもたらしている。繊細なイメージを持つ雨に濡れた合歓の花に、西施が眠る姿を重ねる見立ては、さすが芭蕉。合歓の花の英訳は複数あるが、乙女の寝床にふさわしいと考えて、「pink silk」を採用した。

合歓の花は、上皇后美智子様のお好きな花であり、「薩摩なる喜入の坂を登り来て合歓の花見し夏の日想ふ」という御歌も詠んでおられる。

In a cloud-filled sky
of light rain, Persian lilac—
a cloud of bloom.

どむみりとあふちや雨の花曇(はなぐもり)

出典

芭蕉翁行状記
元禄7年（1694年・51歳）・箱根と島田の間

現代語訳

梅雨時のうす暗い空の下、樗(おおち)が小さな花をいっぱいにつけている様は、疲れた私の気持ちのようにどんよりと曇って見える。

「どむみりと」は、雲が低く垂れこめているさまを表現すると同時に、淡紫色の樗の花のイメージにもつながっている。「樗」は栴檀（せんだん）の古名で、『枕草子』においても、樗の花のさまは風情あるものとされており、この句でも同様である。また、「花曇」は春の季語で、本来は桜が咲く頃の曇天を指す言葉だが、ここではその語をあえてもっと天気が悪い日の、桜より地味な「樗」に使うことで、しみじみとした趣を感じさせる。桜のように「華」のある景色ではないが、一句の情緒は「心の花」というにふさわしい。

英語には「花曇」を表す単語はないため、元の語と違って華やかな印象になるが「cloud of bloom」と訳した。素直な表現の方が美しく響くと感じたからだ。それに伴い「どんより」を「cloud-filled sky」として、「花曇」の表現と合わせた。一つの詩の中に「cloud」という同じ単語を用いたものの、真逆の印象を持つ表現なので、詩的な雰囲気が生まれたと思う。

「樗」には複数の訳語があるが、「Persian lilac」を採用した。今は存在しない国ペルシャのイメージは『枕草子』など古典の世界に描かれる「樗」にぴったりだと感じたからだ。

All these years and rainy seasons,
was it only you that was spared,
Sacred Hall of Gold?

五月雨の降残してや光堂

出典

おくのほそ道
元禄2年（1689年・46歳）初案・平泉（陸奥）

現代語訳

すべてものを朽ちさせる五月雨が毎年毎年降ったが、この光堂だけは降り残したのであろうか。昔と変わらぬ輝きを放っている。

「光堂」は、奥州平泉にある中尊寺の金色堂（阿弥陀堂）のことで、「金色堂」と名の付く通り、総金箔仕立てになっている。

　芭蕉自筆本『おくのほそ道』では、「五月雨や年〱降も五百たび」とあり、これが初案である。また自筆本では「蛍火の昼は消つゝ柱かな」という句も並べられていたが、その後、曾良本『おくのほそ道』では「蛍火」の句がいったん書いたのちに消され、加えて、「五百たび」の句についても推敲され、成案の形になっている。「五百たび」の句には五月雨の「五」を重ねる言葉遊びが見られるが、成案は光堂に流れた長い時間を主題とし、「蛍火」の句の発想を合せたものと考えられる。

　私ははじめこの句を、五月雨が堂の上に直接降り、それがまだ残っている意外な様子を詠んだ句だと勘違いしていた。光堂は鞘堂によって守られ、雨に濡れることなどないからだ。ポイントとなるのは季語「五月雨」で、これは万物を腐らせる雨である。その雨にさえ影響されず、五百年という時間を経て今なお変わらずそこにある光堂に対する感動が詠まれているのだ。私は実際に光堂を訪れた際、その崇高な佇まいに触れて、一生忘れないほどの神々しさを感じた。

　なお、芭蕉の句では五月雨が擬人化されているが、英訳では光堂を擬人化し、問いかける形にした。

Even in early summer rains,
the hollyhocks follow
the road the sun takes.

日の道や葵(あふひ)傾くさ月(つき)あめ

出典

猿蓑
元禄4年（1691年・48歳）以前

現代語訳

五月雨に葵の花も傾いているが、葵は日に向かうというから、その方向には太陽の通る道があるのだろう。

「日の道」は太陽が通る道のことであり、黄道とも言う。「葵」は現在のひまわりを言うこともあるが、この句における「葵」は立葵(たちあおい)を指していると考えられる。葵の花が太陽のある方向を向いて咲くことはよく知られており、「葵草照る日は神の心かは影さすかたにまづなびくらむ」（千載和歌集、藤原基俊／葵草を照らす日の光は神の心であるのか。葵草が光が差す方向に真っ先に靡(なび)いているようだ）という歌もある。

五月雨が降る中、葵の傾きから見えるはずのない太陽の存在に発想を閃(ひらめ)かせる点に驚きがあり、また「日の道」というのも古典に例を探せない独特の表現である。雨の中でさえ太陽の方向に動こうとする花の生命力に感動を覚え、その小さな動きに着目する点も芭蕉ならではだ。

「日の道」という表現の新鮮さを表すために、英訳では道に road という単語をあてた。road は平凡な単語なので、通常は詩に用いない。だが、「the road the sun takes」と訳すと独自性があり、不思議と詩的な響きになったのだ。

太陽の方を向いて咲く葵を詠んだ基俊の歌も素晴らしい。（英訳は Is the sun that shines/on the rose mallows/the heart of god?/The flowers bend towards/the direction of it's light.）このように「神の心」を日の光に例えるのは日本人ならではの自然観であり、「日の道」という言葉の響きと併せてとても美しく感じる。

Bothered by fleas and lice,
and beside my pillow
a horse pisses.

蚤虱馬の尿する枕もと

出典

おくのほそ道
元禄2年（1689年・46歳）・尿前（陸奥）

現代語訳

一晩中蚤や虱にたかられ、枕元で大音量で馬が小便をするような何ともひどい旅の宿りとなったことだ。

『おくのほそ道』では、尿前の関を越えて出羽国に出る途中、暴風雨のために封人(ほうじん)(国境の役人)の家に三日間滞在した折の句として掲載されている。しかし実際は庄屋の家に一日宿泊したのみで、句では旅の苦難が誇張されたのだろう。「蚤」「虱」「尿」という三つの要素を取り合わせた点が珍しく、この工夫によって句にユーモアが生まれ、創作された物語のような印象を与える。

芭蕉は「尿」を「バリ」と読ませた。俳諧の特徴であるこうした俗語の使用によって、宿所が馬屋に隣接していて凄まじい音が響く様子がよく表れている。アイルランドで馬と共に暮らした私にとって、この句はとても懐かしく感じられた。寒いアイルランドで馬がバリした後には、泡と湯気が立つ。それを見ると私はいつも、彼らの生命力の強さに驚かされたものだ。

ところで、私の恩師の一人であるドナルド・キーン先生は「尿」をstalingと訳している。stalingは辞書で調べてもなかなか出てこない、古い文語体である。古くは「尿」の読み方に古語「しと」を当てていたのを意識したのかもしれないが、彼はデリカシーのある紳士なので、pissesのように男性同士が口語で使う、直接的な表現を避けたのだろう。彼らしい素敵な訳である。あたかも紳士が旅をしているかのようなイメージが浮かんできて、天国の先生にお元気ですかと声を掛けたくなる。

In the great silence,
permeating rocks—
cicada chorus.

閑さや岩にしみ入蟬の声

出典

おくのほそ道
元禄2年（1689年・46歳）初案・立石寺（出羽）

現代語訳

深閑とした巌重なる山寺に蟬が鳴く。その声は岩にしみ通っていくように消え、また静寂が広がってゆく。

この句は、『おくのほそ道』の旅中、立石寺で詠まれたものである。立石寺は山形県山形市山寺にある宝珠山立石寺のこと。『おくのほそ道』では、「山形領に立石寺と云山寺あり。……佳景寂寞として心すみ行のみおぼゆ」という本文とともにこの句が掲載されている。『曾良旅日記』の五月二十七日の記事によれば、芭蕉は立石寺に到着したその日の内に巡礼を終え、宿坊に一泊したという。

この句を訳すにあたり、初めは「silence」の中に蟬の声という音が描かれる矛盾に戸惑いを覚えた。しかし解釈を重ねるうちに、この矛盾こそが一句の重要なポイントだと気付いた。静寂の中に蟬の声だけが響くことで、その鳴き声がより強調されているのだ。「蟬の声」は日本語では美しいが、英語で「The voice of the cicadas」と書くと違和感がある。そのため、ここでは意訳になるが「cicada chorus」を採用した。アイルランドには蟬がいない。子供の頃に蟬の鳴き声を西部劇で初めて聞いた時、非常に神秘的に感じたことを思い出す。

私は昨年、立石寺でこの句碑を目にした。今やこの句は国民的な名句であるから、誰もが芭蕉の句抜きにこの山寺を見ることはできないだろう。それはまるで、蟬の声と同じく芭蕉の思いが山寺に染み渡っているようである。

涼しさを我(わが)宿(やど)にしてねまる也

出典

おくのほそ道
元禄2年（1689年・46歳）・尾花沢（出羽）

現代語訳

心こもったもてなしに心地よく涼しさを満喫し、我が家にいるようにくつろいでおります。

Making the coolness itself
my home, here I sit
completely at ease.

How cool!
As if this was my own house
I sit completely at ease.

『おくのほそ道』本文には、「尾花沢にて清風と云ものを尋ぬ……」とあり、現在の山形県尾花沢市で、清風という人物のもとを訪れたことが記された後、この句が掲載されている。清風は鈴木道祐の俳号で、大地主で、紅花問屋でもあった彼は、芭蕉と古くから親交があった。また、清風は商売のために、京や江戸にも出かけており、それゆえ「旅の情」を知っており、長旅の芭蕉らを労わり、様々にもてなしてくれたとも紀行本文に記されている。

「ねまる」は東北地方の方言で、「膝を崩してくつろいで座る」という意の言葉。あえて土地の言葉を詠みこみ、その土地の人々への親しみを表すとともに、「清風」という俳号とも関連付けた、挨拶吟となっている。

涼しさについて芭蕉は何度も句を詠んでいるが、この句は涼しさそのものに辿り着いたという意外性と斬新さがある。そして、方言の使用によって、清風亭の一員のように親しみを感じ、心からくつろいでいることが伝わってくる。

この句を現代語訳では「涼しさを」の後に少し休みがあると見て解釈している。私は、「我宿にして」を掛詞のように捉えて、涼しさ自体を自分の家としながら、清風亭を自宅のように思ってくつろいでいると解釈したい。英訳の一つ目は私の解釈、二つ目が現代語訳に従った。

In the coolness
a faint crescent moon hovers
over Black Feather Mountain.

涼しさやほの三か月の羽黒山

出典
おくのほそ道
元禄2年（1689年・46歳）・羽黒山（出羽）

現代語訳
修験道の霊地の清浄な涼気に心も澄みわたる中、見れば羽黒山の黒い山影の上にほのかに三日月がかかっている。

『おくのほそ道』本文によると、出羽三山の月山（がっさん）、湯殿山に参詣し、羽黒山の宿坊に帰ってきた芭蕉が、世話になった阿闍梨（あじゃり）・会覚（えがく）の求めに応じて、短冊に記したのがこの句である。そのため、句には、会覚に対する感謝の挨拶の意も込められている。

一句で気に入っているのは、「ほの三か月」に、「ほの見える」と「三か月」が掛けられているところだ。出羽三山の月山は、太陽を連想させる日光山に対し、月が祀られている山である。このような背景を知ると、芭蕉は眼前の月を詠むと同時に、月山の清らかさを暗示しているように感じる。実際当時、「涼しさ」という季語は清浄さを連想させるものであった。

ちなみに、山形県鶴岡市にある出羽三山は、日本の聖地の中で私が最も好きな場所の一つである。羽黒山の登山口に立つ、国宝の五重塔から頂上までの道中は細い山道になっており、整備された参道とは異なる趣で、自然の中の道を歩いていくことによって、聖地を訪れる実感がより強まっていった。私が訪れたのは秋の暮だったが、他には人の姿もなく、静謐な山中の風情を感じながら、清らかな気持ちでお参りすることができた。頂上に辿り着いた達成感よりも、登頂過程で出会った、雨に濡れた道端の植物が印象に残っている。

As rain clears in the evening,
I cool myself under a cherry tree—
The sparkles of light on waves are blossoms.

ゆふばれや桜に涼む波の花

出典

曾良書留
元禄2年（1689年・46歳）・象潟（出羽）

現代語訳

夏の夕方、雨上がりの清々しさの中を舟で漕ぎだし涼んでいると、今は葉桜の西行ゆかりの木が潟の水面に影を落とし、その水面に光がきらめいてまるで桜の花が咲いたかのようだ。

象潟蚶満寺には西行ゆかりの桜があり、『継尾集』では西行が詠んだとされる歌「象潟の桜はなみに埋れてはなの上こぐ蜑のつり船」を引いて前書としている。これは水面に映った桜の上に波が寄せている情景だが、芭蕉が訪問したのは夏なので、今は葉桜の海に映った桜の木に、波がきらめくことによって時ならぬ花が咲いたかのように見える様が詠まれている。夏の夕方の雨上がりに感じる清々しさ、涼感をイメージさせる言葉である。中七の「涼む」とも呼応して、爽やかな美景が目に浮かぶ。

だが、最初にこの句を読んだときには、この表現に大きな違和感を覚えた。大きな波がどうすれば小さな花のように見えるのか……。金田房子氏の解釈を読んで、実際には、波頭の光の粒が桜の花弁のように輝いている、極めて美しい様子を詠んだ句だと分かった。文字通り英訳すると「waves of flowers」となるが意味が通らないので、意訳ではあるが「光」を補って「sparkles of light on waves are blossoms」と情景が分かるようにした。前半の桜の影のイメージと、海に照らす光の対比が美しく響く訳になったと思う。

夏の桜の木には当然ながら花は咲いていないが、波の光によって、夏の桜と春の桜という両方の美しさを味わうことができる。

On my way to the ice house
at the cool river's source,
I walk in the shade of willow trees.

水の奥氷室尋る柳哉

ひ むろ たづぬ

出典

曾良書留
元禄2年（1689年・46歳）・新庄（出羽）

現代語訳

柳がしなやかに枝を垂らす清流はそれだけでも涼しさを感じる。その流れをずっと奥までたどってゆくと氷室があって、夏を忘れるもてなしに心癒やされた。

この句は、『おくのほそ道』の旅中に、大石田から猿羽根峠を越えて新庄に赴き、風流亭を訪ねた折のものである。「風流」とは、新庄の裕福な商人・渋谷甚兵衛を指す。彼は尾花沢で芭蕉と会い、芭蕉を新庄に招いた人物であった。

「氷室」は、氷雪を貯蔵する場所で、冬の氷雪を土中の室に貯え、夏の飲食に供していた。氷室に貯えておいた氷を六月一日に食べる習俗が民間にも存在しており、芭蕉が風流亭を訪ねた日も六月一日であったため、氷室に案内され、この句を詠んだのかもしれない。一方で、「氷室」というのは空想で、六月一日にちなみ、家の主人である風流を由緒ある氷室守に見立て、挨拶としてこの句を詠んだという説もある。

「水の奥」は、水源のことを指すと考えられるが、時間と空間を越えて抽象的な詩歌の世界へ誘う表現という見方もある。何とも神秘的な表現だが、同時に矛盾を感じもするだろう。一般的に「部屋の奥」や「廊下の奥」とは言うものの、水については「水の下」や「海の中」と言うのが普通で、そこに「奥」という概念は存在しない。しかし、この意外性に満ちた表現が、一句の美しさと素晴らしさを引き立てている気がする。

また、「水の奥」「氷室」「柳」という三つの涼しい要素を重ねて詠み込んだのも特徴的で、それにより、何とも涼し気な句に仕上がっている。

The stench of rocks,
summer grasses redden
and even the dew is boiling hot…

At Sesshoseki, the vixen-ghost Tamamo No Mae's
cursed smell rises from Killing Rock,
—killing all those who approach—
while summer grasses burn red and dew boils.

石の香(か)や夏草赤く露あつし

出典

曾良旅日記
元禄2年（1689年・46歳）・那須（下野）

現代語訳

殺生石がはき出す毒を含んだ臭気は、妖狐の怨念のように今も絡みついて、青々とあるべき夏草も赤く枯れ、冷たいはずの露も熱くたぎっているように感じられる。

この句では、那須温泉近くの殺生石一帯の荒涼とした景色が詠まれている。「石の香」は、殺生石一帯に発する有毒ガスの匂いを表した言葉であり、「殺生石」とは、栃木県那須温泉に祀る温泉神社裏手の山腹にある石のこと。この石には、金毛九尾の狐が近衛帝（一説には鳥羽帝）の后となり、玉藻の前と呼ばれていたものの、狐であることが露見して那須の原で退治され、石に化したという伝説がある。この「殺生石」からは今なお有毒ガスが発生し、蜂や蝶などが死ぬほか、人命を害することもあるという。

この句には矛盾のようなものが三つ存在する。まず、一つ目は、石は通常無臭で、実際にはガスの匂いであるにもかかわらず、「石の香」と詠まれていること。二つ目は、緑であるはずの夏草が「赤く」と詠まれていること、三つ目は、冷たいはずの露が「あつし」と詠まれていることである。このように普通ではありえないことが並べられることによって、神秘的で斬新な印象を受けるとともに、どこか怖さも感じずにはいられない。この句は行間に、長い物語を孕んでいそうな雰囲気が漂っている。

そうした雰囲気を伝えるため、二つの英訳を提示する。一つ目は比較的直訳に近いもので、二つ目では背景を含んだ英訳を試みた。

Summer grasses—
all that remain
of the warriors' dreams.

夏草や兵共が夢の跡

出典

おくのほそ道
元禄2年(1689年・46歳)・平泉(陸奥)

現代語訳

今はただ茫々と夏草が生い茂るこの地に、かつての義経の館と攻められて滅んだ主従の戦いの様を幻視する。懸命に戦いに生きた彼らの生も、はかない夢のようであった。

『おくのほそ道』の途次、かつて奥州藤原氏が栄華を誇った平泉で詠んだ句で、人間の儚さを冷静に見つめながら、戦いに敗れた武士たちへの憐れみを感じさせる。この「夢」は中国古典『枕中記』の「邯鄲一炊の夢」の故事を踏まえているのだろう。

英語圏の詩にも虚栄（vanity）を題材としたものは多い。英国の詩人シェリーと友人のホレス・スミスが競作したソネット『オジマンディアス』もその好例だ。

What powerful but unrecorded race/Once dwelt in that annihilated place.

（どんな強大な、しかし記録には残らなかった民族が、壊滅したこの地にかつて暮らしていたのだろうか。）

平泉で芭蕉は、一時の栄華の後に敗れ滅んでいった人々の姿を夏草の中に幻視し、彼らを温かな涙で哀悼した。未来のロンドンの廃墟を思い描いたスミスの眼差しにも、時の流れとともに移ろう栄枯盛衰の哀愁が感じられるのである。

しかし、私たちは芭蕉やスミスの詩心にただ感動しているだけで良いのだろうか。現代社会は経済的繁栄を生み出すことばかり望み、科学技術の発展とともに地球の自然を破壊してきた。私たちがこのまま生き方を変えなければ、やがて私たちの生きる地球そのものが「夢の跡」になってしまうかもしれないのだ。

Ambling on a horse
through the summer countryside—
Feels like I'm moving through a painting.

馬ぼくぼく我を絵に見る夏野哉

出典

三冊子
天和3年（1683年・40歳）・谷村（甲斐）

現代語訳

じりじりと夏の太陽の照りつける野を、馬に揺られてぼくぼくと歩みを進めてゆく私は、漢詩人を描いたあの絵の中の人物になったかのようだ。

自らを絵の中の人物として客観的に捉えるというこの句の発想には、中国の文人画の影響も指摘されている。日本では、中世の禅林において、中国の文人である杜甫（とほ）や杜牧（とぼく）、蘇東坡などの描いた「騎驢図（きろず）」（驢馬に乗る人物画）が愛好されていた。

この句が詠まれた前年、天和二年十二月の江戸の大火災によって、深川の芭蕉庵も焼失した。そのため、芭蕉は、俳諧の門人である麋塒（びじ）を頼って、天和三年の夏まで甲斐国で放浪生活を送っていた。麋塒らと歌仙を行った際には、その経験をもとに「夏馬の遅行我を絵に見る心かな」と詠んでおり、これが初案に近いものと考えられる。

この句を読んで、まずは極めて美しく、完成度の高い句だと感じた。芭蕉は自分を中国の詩人であると想像しながら、「ぼくぼく」という新しい言葉を混ぜ込んで、その姿を一枚の絵としている。「ぼくぼく」とは、急がずにのんびりと歩くさまを表す言葉である。彼は、実際に馬がゆったりと進む場面と、芸術作品の中にいる想像上の自分を同時に描こうとしているのだ。

おそらく、多くの旅を経験した人は誰でも、自分が旅先の風景と一体化して絵になったかのように感じたことがあるのではないだろうか。

Thousands of islands
are shattered into pieces
by the summer sea.

嶋ぐや千々にくだきて夏の海

出典

蕉翁全伝付録
元禄2年（1689年・46歳）・松島（陸奥）

現代語訳

海に無数の小島が点在する名勝松島の風景の雄大さは、まるで天が地を砕いて作りなしたかのようで、その島々に青い夏の海が白波をたてて激しく砕けている。

日本三景の一つ宮城県の松島について、『蕉翁全伝付録』前文には「さま〴〵の嶋〴〵、奇曲天工(ききょくてんこう)の妙(みょう)を刻(きざみ)なせるがごとく」とあり、『おくのほそ道』と同様に、大自然の雄大な美景を造物主の作りなした技と讃えている。この句では、多くの島々が点在するさまを〈天〉の「砕いた」ものと壮大な視点から捉え、その島々に夏の海の波が激しく砕けている様を俯瞰的に詠んでいる。芭蕉は「絶景にむかふ時は、うばはれて不叶(かなはず)」(三冊子)——絶景では良い句を詠むのが難しいと語っているが、ダイナミックな自然の広がりと動きの感じられる佳句である。

ここでは「嶋〴〵」「千々」というくり返しが、言葉も砕けているような印象を与えて、大変効果的だ。現代語訳にあるように、「くだきて」に天地創造の景と、眼前の景色が重なって見える点も素敵で、私の好きな句の一つである。

私はかつて厳島の弥山(みせん)から瀬戸内海を初めて眺めた時、感動すると同時に、ずっと昔から知っていた風景のような気がした。そのとき島々の様子を「ガラス玉が砕けたようだ」と詩に詠んだのだが、後に芭蕉のこの句を知り、その表現は既に彼のものだったのかと思ったものだ。

From my summer robes,
I still have to finish
removing the lice.

夏衣いまだ虱をとりつくさず

出典

野ざらし紀行
貞享2年（1685年・42歳）・江戸（武蔵）

現代語訳

庵に戻り詩人よろしく夏の衣の虱をひねっているが、まだ取り尽くしもせず旅の疲れにぼんやりとしている。

『野ざらし紀行』の本文には、「卯月の末、庵に帰りて、旅のつかれをはらすほどに」とあり、前年（貞享元年）八月に江戸を発って以来の長旅を終え、草庵に帰着した芭蕉の、無事に旅を終えた安堵感や、今なお旅の余韻に浸る気持ちが詠まれた句だといえる。

「虱」は、その漢字が「風」という字の半分であると見立てられて、半風や半風子とも呼ばれたそうだ。虱は漢詩文で隠士とともに詠まれることが多く、「いまだ虱をとりつくさず」という漢文訓読調の表現からは、旅で付いた虱に対する物憂さが滲み出ており、「夏衣」というおおらかな言葉と対比的な面白さがある。世俗から離れた隠者の古典的なイメージと、実際に衣服に付着した虱の話が重ねられる点にもユーモアを感じる。

昔の人には虱が身近だったとはいえ、夏の旅で汗が染み込んだ衣に虱がつくのは気持ちのいいものではなかったはずだ。旅の疲れと庵に着いた安堵感に包まれて、旅衣から虱を取り除く作業をしている芭蕉の姿がありありと浮かんでくる。まさに旅の後といった風情で、そんな彼の姿は人間味を感じさせ、誰しも共感するのではないだろうか。その点でこの句は世界のどこの人にも伝わる普遍性があると思う。

How many thunderclouds
have broken up to become
moonlit Mount Moon?

雲の峰いくつ崩(くづれ)て月の山

出典

おくのほそ道
元禄2年（1689年・46歳）・月山（出羽）

現代語訳

夏の空に高く立ち上がっていた入道雲が、いくつ崩れて重なり、いま月光の中に聳える月山となったのだろうか。

「月の山」（出羽三山の月山）の、月の照らす山という意が、「雲の峰」と呼応している。名所の地名は掛詞として詠まれることが多く、この「月」も「築き」と言い掛けられている。

初め私は、この句は常套的な挨拶句に過ぎないという印象を受けた。だが、「天空の雲が地上の山となるという壮大なフィクションに、月山の神々しさが讃えられている」という解釈を知り、芭蕉の想像力の壮大さと奥深さに気づいた。今では、水蒸気からなる雲が、岩や土でできた山に変化するという発想が斬新だと感じている。

また、入道雲と言えば通常は昼のイメージだが、ここで詠まれているのは月が出る時分であることから、この句は瞬間の風景を捉えた句ではなく、風景の移り変わりを詠んだ句とみるべきだろう。読み込むうちに、崩れたり新しく湧いたりを繰り返す雲を、ずっと観察している芭蕉の姿が目に浮かんできた。

この句を読むと、雲の形が変わったり、虹が出たり、次々と色んな表情を見せてくれていた故郷の空が鮮やかに蘇ってくる。

秋の旅

Above the rough seas,
stretching herself out over Sado Island—
The Milky Way.

荒海(あらうみ)や佐渡によこたふ天河(あまのがは)

出典

おくのほそ道
元禄2年（1689年・46歳）・出雲崎（越後）

現代語訳

人を拒む荒海に隔てられた佐渡の方角へ、天の河は天空で大きく回転して流れ、そのひととき架け橋となってくれるかのようだ。

この句には、様々な前書が付された真蹟が存在する。例えば、『曾良書留』には「七夕」、『泊船集』には「いづもざきにて」、真蹟短冊には「ゑちごの駅出雲崎といふ所より、佐渡がしまを見わたして」という前書がそれぞれ付されている。また、『本朝文選』の「銀河ノ序」には、黄金や流刑といった佐渡島を特徴づける文章も見られ、七夕のイメージに基づく解釈がなされる一方で、雄大な自然と人間との対比を詠んだとする解釈もある。

芭蕉と佐渡島は「荒海」によって隔てられているが、天上にある「天河」は島までつながっている。「横たふ」は、自動詞の「横たはる」とするのが文法的には正しいが、ここでは「よこたふ」を自動詞として用いている。それによって天の川が、自らの意思でそこまで広がっているような印象を受ける。

大西洋の激しい波を見て育った私には、視界を遮るほど波が立つ「荒海」と、晴天に広がる「天河」との組み合わせはとても新鮮に思える。身近で大きな音を立てる荒れた海と遠く静かな空、海と川という対比が新しい世界観を生み出しているようだ。普通は川よりも海の方が広大なイメージがあるが、ここでは空を渡る川が詠まれることでスケール感が逆転しており、とても面白い。

Extreme heat of late summer—
in the dim cattle shed,
mosquitos whining darkly.

牛部（うしべ）やに蚊の声闇（くら）き残暑哉

出典

三冊子
元禄4年（1691年・48歳）

現代語訳

残暑の候、むっとしたいきれと匂いのする薄暗い牛部屋のどこからか、蚊の羽音が聞こえる。

「牛部や」は牛小屋のこと。「蚊の声闇き」は、牛小屋の片隅にこもっているらしい蚊の羽音という聴覚的な要素だけでなく、蚊のいる辺りの薄暗さという視覚的な要素も表現している。

残暑の頃の牛小屋という、日常の一風景を句へと昇華させた点に新しさがある。このように日常を捉え、生き生きと描写した句は、芭蕉の俳人としての魅力の真骨頂であると思う。

この句の英訳で難しかったのは、残暑の訳し方だ。残暑は、通常、「lingering heat of summer」と訳し、「lingering」は余韻などのポジティブな意味を持つ。しかし日本の残暑の暑さは厳しく、好ましいものではないので、今回の英訳では「extreme」を補っている。

芭蕉の句には、生まれた国も時代も異なる者には情景をイメージしにくいものもあるが、この句で描かれた牛は私にとって幼い頃から身近な存在だったため、共感しやすかった。私の故郷アイルランドは、「牛の国」と言えるほど牛が多い。幼少期には隣の農家で乳牛を飼っており、乳しぼりを手伝うこともよくあった。アイルランドには蚊がいないのでその羽音は分からないが、乳しぼりの時のミルクが勢いよくバケツに落ちる音は、今でも私の耳の奥に残っている。

On the side of the road,
rose mallows devoured
by my horse.

道のべの木槿(むくげ)は馬にくはれけり

出典

野ざらし紀行
貞享元年（1684年・41歳）

現代語訳

馬に乗って旅をゆく中、道辺の垣に咲いていた木槿は、目の前で馬にパクリと食べられてしまった。

この句に対しては、古来、様々な解釈が提出されてきた。具体的には、白居易の詩句「槿花一日にして自ずから栄を為す」を踏まえ、木槿の花のはかなさに寄せて人の世の盛りの短さをほのめかしているという説、戒めの意が込められているという説、特に比喩を読まないという説である。明治以降は、比喩を含まないという解釈が支持され、眼前の景物を写生した句と捉えるのがほぼ定説となっている。

「木槿」は、アオイ科の落葉低木で、高さは三メートルほど。白や淡紅色、淡紫色などの葵に似た花が咲く。木槿は、古来、漢詩の題として取り上げられてきたが、和歌や連歌で詠まれることは稀であった。日本では俳諧で初めて季題として取り上げられるようになり、文人画の画題としてもしばしば取り上げられた。美しい木槿の花は画題にふさわしいだけでなく、この句自体も一枚の素晴らしい絵となっている。

俳句の目指すところの一つが、ある瞬間を切り取ることなのであれば、この句を超えるものはないだろう。芭蕉が木槿を見つけて句を詠もうとした瞬間、その花を馬が食べてしまった。まさにその一瞬を見事に捉えている。それはなんと切ない瞬間だろう。芭蕉だからこそ、その瞬間を落胆ではなく、美しい句として昇華することができたのだ。

Sleeping with prostitutes
under the same roof—
Japanese bush clover, the moon.

Sleeping with prostitutes under the same roof—
an encounter as brief as the moon
reflecting in the dew on the bush clover.

一家(ひとつや)に遊女もねたり萩と月

出典

おくのほそ道
元禄2年（1689年・46歳）・市振(いちぶり)（越後）

現代語訳

一つの家に遊女も同宿することとなった。地上の萩に置いた露にはかなく宿った月が、露が消えるとともに天に別れるように、秋の風雅な夜のほんのひとときの出会いであった。

『おくのほそ道』本文には、市振の宿駅で伊勢参りへと向かう遊女たちと同宿し、我が身の宿縁を嘆く彼女たちの会話を耳にした芭蕉が、翌朝、彼女たちから同行を請われたものの、断った旨が記され、この句が掲載されている。実際には『おくのほそ道』執筆時に作られた句と考えられる。

見事な句である。「萩」と「月」はともに和歌の世界の象徴的な景物だ。「萩」は『万葉集』に登場する植物の中では五本の指に入るし、「月」を詠んだ和歌も枚挙に遑(いとま)がない。萩には露がつきもので、そこに月が宿るとしてともに詠まれることも多い。儚い露に映った月はすぐ消えてしまうため、美しさと同時に切なさが伴い、幻想的な雰囲気がある。

芭蕉はここに、遊女の境遇の切なさという現実を重ねる。これは西行が江口の遊女と和歌のやり取りをする「江口遊女歌之事」(選集抄)を踏まえたものだ。卑しい身ながら神仏の救いを求める遊女と僧形の芭蕉の、ほんのひと時の接点を描いている。なお、「萩と月」については、萩を遊女に、月を自らになぞらえているという解釈もある。

It's the mountain where Yoshinaka woke
and saw the moon on the battle night—
Looking up at her, the moon itself appears sad.

義仲の寝覚(ねざめ)の山か月悲し

出典

荊口句帳

元禄2年（1689年・46歳）・敦賀（越前）

現代語訳

あの燧山(ひうちやま)はかつて義仲が戦いに敗れた城跡だが、あの城に籠もった義仲は夜半に目覚めてどんな思いで月を見たのだろう。その心を思うと今見る月にも哀愁が感じられる。

「燧が城」は、福井から敦賀に向かう途中にある燧山にあった城であり、木曾義仲が平維盛に敗れた古戦場でもある。

芭蕉は、義仲に強く心を惹かれていた。『おくのほそ道』では、小松の太田神社の条に「木曾義仲願状」のことを記しているほか、倶利伽羅峠・埴生八幡などの義仲に関わる遺跡も見ている。

実は、この句を英訳するにあたり、私は初め、義仲が月を見て悲しんでいることを詠んだ句だと勘違いしてしまった。しかし、その後、「寝覚の山か」の「か」という問いかけに気付き、義仲が月を見た時の悲しさを詠んだ句ではなく、義仲が見たであろう月と同じ月を見た芭蕉が悲しく感じた、芭蕉の心の風景が詠まれた句として英訳を改めた。

この句のポイントは、「月悲し」という擬人化にあると思う。月が悲しく見えるとは、万物が悲しんでいるということであり、それを月が象徴している。つまり、自然界のあらゆるものが義仲の鎮魂をしているのである。芭蕉は、この「月悲し」という表現によって、義仲に対する心酔と深い敬愛を表しているのだ。

With no need for the moon,
lovely just as it is—
Mount Ibukiyama.

其(その)まゝよ月もたのまじ伊吹山

出典

後の旅集
元禄2年（1689年・46歳）・大垣（美濃）

現代語訳

他の山々からは離れ毅然として聳(そび)える伊吹山の山容は、月の風情を借りずともよい。そのままで圧倒されるかのようだ。

この句は、斜嶺（しゃれい）に招かれて詠まれたもので、斜嶺を西湖ほとりの孤山に隠棲していたという中国宋代の隠士・林和靖（りんなせい）になぞらえ、斜嶺や「伊吹山」に対する挨拶句となっている。「花にもよらず、雪にもよらず、只（ただ）これ孤山の徳あり」という前書の「花」と「雪」と合わせて、「月」で美しい自然を代表する雪月花を取り揃えながらも、それらを「たのまじ」としているのが大胆で、俳諧らしさを感じる。このように表現することで、かえって記紀の時代から日本の古典文学に登場する伊吹山の美しく立派なさまが強く印象付けられてもいるのである。

この一句に触れた際、春の部で挙げた「花ざかり山は日ごろのあさぼらけ」という句を連想した。芭蕉はしばしばこれらの句のように、山そのものの美しさを詠んでおり、そこからは山に対する彼の信仰や、美学を窺い知ることができる。

ところでこの句から、皆さんは昼と夜、どちらの景色を想像しただろうか。私は「月もたのまじ」とあるのを見て、月明かりのない真っ暗な夜を想像し、伊吹山がいくら素晴らしくとも宵闇の中では分からないのではないかと疑問に思った。ところが、様々な解説書をみると、いずれもこれを昼の光景としてとらえている。月に照らされた夜ではなく、昼でも伊吹山は美しい。それなら疑問も解消される。英語の感覚では「月」といえば当然夜だと思うのだが、文化の違いを感じて興味深かった。

Unlock Ukimido and let moonlight fill
this floating temple hall—
illuminate one thousand Buddhas within.

鎖(ぢやう)あけて月さし入(いれ)よ浮み堂

出典

笈日記
元禄4年（1691年・48歳）・堅田（近江）

現代語訳

皎々たる月光が湖面を照らす中、湖上の浮御堂は扉を固く閉ざしたまま。さあ、あの鎖をあけて、千体の阿弥陀仏の御光をこの月光と一つに輝かせよう。

芭蕉はこの年の待宵（十四夜）、十五夜、十六夜を近江で過ごしており、この句が詠まれたのは、元禄四年八月十六日（十六夜）のことだった。

「浮み堂」は、正しくは「浮御堂」で、滋賀県大津市本堅田にある、湖の中に浮かぶように建てられた仏堂の名。この浮御堂には千体の阿弥陀仏が安置されており、「鎖」は「錠」のことで、それを開けて「月さし入よ」と言うのは、この阿弥陀仏を清らかな月光で照らすためであろう。阿弥陀仏の光と月光が、広がる湖面を背景に一つとなって輝く幻想を心にした句だ。

極めて美しい句であると同時に、芭蕉と仏教の関係の深さがよくわかる句でもある。夜に訪ねた浮御堂で、閉まっている鍵を開けたいと望む芭蕉の思いには、どこの国の旅人でも共感できよう。私も満月の下でタージマハールを見るためにインドへ旅したのに、訪ねてみるとそこが閉鎖されていたとき、「鍵よ、開け！」と願ったものだ。

ただ、芭蕉はそれにとどまらず、月の光で建物だけでなく、中にある仏像を照らして欲しいと強く願う。月光に照らされた仏像の姿からは、芭蕉の信仰の深さと崇敬の念、そして彼の洗練された美意識が感じられる。

「浮御堂」は、そのままではどんなものかが伝わりにくいので、「one thousand Buddhas」「this floating temple hall」を補って英訳した。

What would the poets
who wrote of the monkey's cry
make of autumn winds piercing this orphan child?

猿を聞人捨子に秋の風いかに

出典

野ざらし紀行
貞享元年（1684年・41歳）・富士川（駿河）

現代語訳

猿の鳴き声を哀切なものと詩に詠んできた人たちよ。捨て子に冷たい秋の風が吹きつけているこの状況を、私たちはどのように表現すればよいのだろう。

「猿を聞く人」とは、『世説新語』に伝えられる故事を踏まえて漢詩を詠んだ人々のこと。その故事とは、桓温（かんおん）という武将の従者が子猿を捕らえると、母猿が追いかけてきたものの息絶えてしまい、その腹を裂いてみると、腸が悲しみのあまりちぎれていたというものである。これによって猿の声と、断腸の思いや涙が結びつくようになった。

『野ざらし紀行』では、この句に続けて「いかにぞや汝……ちちは汝を悪（にくむ）にあらじ、母は汝をうとむにあらじ。唯（ただ）これ天にして、汝が性（さが）のつたなき（を）泣け」と『荘子』を踏まえて、捨て子は自らの天命として不運を受け止めるしかないと述べられている。

この句は、中国の古典と、旅中で実際に捨て子を見た光景を融合させた、わかりやすい例であると思う。

芭蕉は、文学を通して物事を捉える傾向がある。この句では、中国の古典を通して捨て子を見ることによって、その苦しみが一層悲痛なものとなり、より共感を覚えやすくなっているように感じる。

英訳では、中国古典の知識のない現代の日本の読者や欧米人にも伝わるように、「What would the poets who wrote of the monkey's cry」と、少し意味を補っている。

Whiter than the white stone
of Ishiyama Stone Mountain—
white autumn wind.

石山の石より白し秋の風

出典

おくのほそ道
元禄2年（1689年・46歳）・那谷(なた)寺（加賀）

現代語訳

那谷寺の石も、石山寺の石と同じく否むしろそれ以上に、観音の慈悲の月光に磨かれて白々と輝き、折から素風とされる秋風もまた白さを添えるかのようにひんやりと吹きすぎてゆく。

真蹟懐紙の前書には、「那谷の観音に詣」とあり、この句では那谷寺の石山の白さを近江の石山寺の石山の白さと比較したうえで、さらに、秋風は石山よりも一層白く感じられると詠んでいる。

那谷寺は、石川県小松市那谷町にある寺で、その庭には灰白色の岩山があり、岩窟に千手観音が祀られている。那谷寺の石山は、白石で有名になった近江の石山寺の石山よりも白いと言い伝えられていた。どちらも元来の石の白さに加え、近江八景に「石山秋月」と言われるように、月の光に照らされた白さが有名であった。そこには両者に共通する観音の御光も重ねられていよう。

五行説において、秋も、白も、木・火・土・金・水のうち、金に配されている。そのため、秋風を「金風」や「白風」と言ったり、「白秋」という言葉が存在する。この句において、「秋の風」が「石山の石より白し」と詠まれるのも、五行説の秋と白の結び付きに基づいている。

この句は音に注目したい。「石山の石より白し」と同じ音がくり返されることで、まるで秋の風が吹いて来るように感じられるのが素晴らしく、遊び心も感じられる。英訳では「石山」を「Stone Mountain」とすることで、「stone」と「white」がくり返されるようにした。

Move please, Gravestone,
to the sound of my crying
and the cries of the autumn wind.

塚もうごけ我泣声は秋の風

出典

おくのほそ道
元禄2年（1689年・46歳）・金沢（加賀）

現代語訳

私の慟哭に応えて塚も鳴動してくれ。私の泣く声は蕭々と吹く秋風の悲しみと一つになって、あなたへと向かう。

金沢の俳人であった一笑が前年の冬に亡くなり、彼の兄が追善句会を催した際、詠まれたのがこの句である。一笑は貞門の俳人だったが、蕉門の句集に何句も収録されており、芭蕉とも既知の仲であった。

芭蕉の句には、私には不合理だと感じられる要素がよく出てくる。この句の場合は、生命のない「塚」に動くことを求めている。当然、「塚」が自らの意志で動くことはできない。しかし、それを呼びかけることによって、芭蕉の深い悲しみが一層伝わってくる気がする。まるで芭蕉は、万物すべてに自らの悲しみを認めてほしいかのようだが、彼がその悲しみを最も伝えたいのは、塚の下に眠る一笑であろう。

もし、塚が動いたならば、それは、塚そのものが芭蕉の悲しみを理解して動いたのだろうか。それとも、塚の下に眠る一笑が悲しみを理解して動いたのだろうか。どちらとも断定することはできないが、だからこそ、一笑を亡くした芭蕉の悲しみによる混乱と愁いがより切実に伝わる。もう一つ、芭蕉が「墓」という言葉を使わずに、亡くなった友を描写しようとした工夫にも注目したい。墓のように死を連想させる直接的な言葉を避けることも、彼の悲しみの現れかもしれない。秋の風の音に自分の泣き声が重ねられることで、その悲しみの深さが伝わってくる。

吹(ふき)とばす石はあさまの野分(のわき)哉

出典

更科紀行

貞享5年（1688年・45歳）・浅間山麓

現代語訳

吹き飛ばされ転がってゆく石、その石の動きに浅間山の野分の風のすさまじさが実感される。

Even stones are blown about
in the fierce winds—
Mount Asama.

「浅間」は、長野県と群馬県にまたがる活火山のことで、『伊勢物語』以来の歌枕でもある。浅間山は軽石が多いことで知られる。『更科紀行』によれば、初案は「秋風や石吹颪すあさま山」で、それが「吹颪あさまは石の野分哉」と改められ、「吹落す石はあさまの野分哉」を経て、現行の形へと推敲されていった。

「野分」は、一般的には草木を分けて吹く風のことだが、浅間山の野分は石を吹き飛ばすほどの激しさであると詠んだところに、この句の妙がある。芭蕉は幾度も推敲を重ねて、読者に実景を伝える具体的な表現に辿り着いたのだ。

私は初め、いくら強い風であっても石を吹き飛ばすことはないだろうと思い、芭蕉の意図とは逆に、極端な表現によって読者に衝撃を与える虚構の句だと勘違いしていた。しかし、群馬県は浅間おろしという強烈な風が有名な場所であり、隙間の多い軽石であれば実際に吹き飛ぶと知って、イメージを改めた。台風の激しさを当たり前に知る日本の皆さんは芭蕉とイメージを共有することができるのだろう。

なお、この句は最後に出てくる野分が印象に残るが、英訳では浅間山がそのような場所である、と山にフォーカスして終えている。ニュアンスが少し異なるが、こちらの方が一句のドラマが感じられるからだ。

Though I may end up as bones on the wayside,
I set off in autumn winds
that pierce my body, my heart.

野ざらしを心に風のしむ身哉

出典

野ざらし紀行
貞享元年（1684年・41歳）・江戸（武蔵）

現代語訳

ゆきだおれて白骨が風雨にさらされることも覚悟の上だが、それでも蕭々とした秋風の冷たさを肌に感じると、不安や寂寥感が心に沁みとおる。

この句は『野ざらし紀行』の旅立ちの句で、前文は『荘子』や禅の偈(げ)（仏の功徳を讃える詩）を引用しつつ、旅立ちの不安を「江上(こうしょう)の破屋(はおく)をいづる程、風の声、そゞろ寒げ也」（江戸深川のほとりにあるあばらやをでかけようとすると、折から秋風の声が慄然と鳥肌がたつように寒々と聞こえてくる）と述べている。

一句は、旅に向けての覚悟や不安を詠んだものとされる。

また、「野ざらしを心に」「心に風のしむ」「風のしむ身哉」の三つのパーツから成ることで、俳句という短い詩の形が最大限に生かされている。そのため、英訳でも「pierce my body, my heart」と、風が身と心の両方に染みる表現にした。

今は世界中を旅しても、無事に帰って来られることがほとんどだろう。しかし、芭蕉の時代は日本国内を旅するだけでも行き倒れる危険があったのだ。この句からは、それでも芭蕉が旅の人生を選ぶ覚悟を決めた姿がありありと伝わってくる。

「野ざらし」とは、白骨化した人間の骨、つまり死を表す。それを言葉通り英訳しては骨も死も伝わらないため、「Though I may end up as bones on the wayside」と表現してみた。

The pigeon's sad cries
pierce through my heart
before the sacred cave grotto.

鳩の声身に入わたる岩戸哉

出典

漆島
元禄2年（1689年・46歳）・赤坂（美濃）

現代語訳

美濃赤坂の虚空蔵に来てみると、役行者ゆかりの地の岩戸の霊気が身にしみわたるようで、折から鳴く鳩の声の寂しさが秋のあわれとともに心の底にしみとおる。

前書に「赤坂の虚空蔵にて」とあるように、美濃国不破郡赤坂村（現在の岐阜県大垣市赤坂町）にある金生山明星輪寺宝光院（ほうこういん）において詠まれた句。宝光院の奥の院（本堂）には本尊として虚空蔵菩薩が祀られており、岩戸で遮られた秘仏として知られる。

この句は、山寺（立石寺）で詠まれた「閑さや岩にしみ入蟬の声」を彷彿とさせる。さらに、俊成の「夕されば野べの秋風身にしみて鶉鳴くなり深草の里」（千載和歌集／夕方になると野辺を吹き抜ける秋風が身に染みて、鶉が切ない声で鳴いているのが聞こえてくる深草の里であるよ）のように、秋の悲しみの象徴として、一首の中に鶉の声を響かせる歌にも通じあう。

芭蕉は古典文学に対する造詣が深かったが、この句もこうした古典世界を踏まえた一句である。それでいて単なる模倣に留まらないのが、彼の実力だ。鶉を身近に見かける「鳩」に変えることで、優雅な和歌の世界から日常的な俳句の世界への転換が行われている。また、昔の人は鳩の鳴き声にも寂しさを感じたそうだ。

宝光院は丘の上にあって、大垣の街全体を見渡せる。私はこの地に縁があり何度も訪れたが、芭蕉に興味を持った皆さんにもぜひ足を運んで欲しい。

From today, I erase the letters
“two travelers together”—
dew drops like tears cover my hat.

今日よりや書付消さん笠の露

出典

おくのほそ道
元禄2年（1689年・46歳）・山中温泉（加賀）

現代語訳

今日からは笠の書き付け「同行二人」も涙ながらに消してしまおう。旅をともにした君と別れる折しも、笠には涙のような露が置いている。

「書付」とは、巡礼者が笠の裏に書き付ける「乾坤無住同行二人」という文字のことである。「同行二人」は本来、仏とともにあることを言う表現だが、同行者がいる意としても用いられ、この句では後者。

『おくのほそ道』本文では、「曾良は腹を病て、伊勢の国長嶋と云所にゆかりあれば、先立て行に」としたうえで、曾良が「ゆき〳〵てたふれ伏とも萩の原」という句を残していったことが記されている。芭蕉の旅の同行者であった曾良が腹痛のために旅を離脱し、その寂しさが詠まれた句である。

繊細な心配りに満ちた句である。仏と同行しているという言い回しを使うことによって、芭蕉は曾良との関係の大切さと別れの悲しみ、両方を表現しているのだ。そこにより繊細さを加えているのは「露」という語である。露は伝統的に儚さの象徴とされ、命の短さ、二人の関係の切なさを表す。なお、日本の古典に露が出て来ると読者は自然に涙を連想するが、その連想に馴染みがない海外の読者にも涙の発想を促すため、英訳では「like tears」を補った。

この句には、自分と曾良が離れてしまうことが悲しいなどと直接書かれているわけではない。しかし、簡潔な表現がかえって、芭蕉の悲しみをより切なく、私たちに伝える効果をあげている。

How lovely, intriguing—
In drizzling rain and fog, the day
I cannot see Mount Fuji

霧しぐれ富士をみぬ日ぞ面白き

出典

野ざらし紀行
貞享元年（1684年・41歳）・箱根（相模）

現代語訳

立ちこめた霧から冷たい時雨が降るつらい箱根越え。期待していた富士山は見えないけれども、心にだけ描く切なさもかえって興があるというものだ。

この句は、『野ざらし紀行』の旅の途中で詠まれたもので、紀行本文には「関こゆる日は雨降て、山皆雲にかくれたり」とある。ここで言う「関」とは、箱根の関のこと。本来、天気に恵まれれば、箱根の関からは立派な富士山を間近に拝むことができる。「しぐれ」は晩秋から初冬にかけて、降ったりやんだりをくり返す冷たい通り雨で、定めない人生や旅の象徴ともされている。

晴れていれば富士の姿に峠を越える辛さも慰められるかもしれないが、冷たい雨の中での急峻な峠越えは一層過酷だろう。英訳では、「Fuji」を網掛けにし、離れた場所に置くことによって、霧と時雨に隠されて見えない富士を視覚的に表現することを試みた。

しかし、この句では、それをあえて「面白き」と興がってみるのであり、まさに「風狂」のポーズであると言えよう。それのみならず、兼好法師が「花はさかりに、月はくまなきをのみ見るものかは。(桜は満開の時、月は一つの曇りもない時だけを見るものだろうか)」(徒然草)と記したような、日本の伝統美学が踏まえられていると考えられる。独創性と意外性に満ちたこの句には、実際に目に見えるものよりも心の中で想像するものにこそ深い美しさを見出すという日本的な美学の一端が見事に表れていると感じた。

On a freezing night
an ill goose falls through the sky—
Me on my journey, laid up in bed.

病雁の夜さむに落て旅ね哉

出典

猿蓑
元禄3年（1690年・47歳）・堅田（近江）

現代語訳

夜寒の湖畔・堅田に舞い降りる雁は、まるで渡り鳥が力尽きて落ちてくるように感じられる。人との会い難さが古来詠まれてきたこの地に病んで、旅寝の心細さと孤独の思いの中にいる私には。

この句が詠まれた際の堅田での滞在は九月十三日から二十五日であった。九月二十六日付の茶屋与次兵衛（昌房）宛書簡によれば、芭蕉はこの滞在中に風邪をひいて寝込んでいたらしい。

「病鴈」はヤムカリ、ビョウガンなど、その読み方に諸説あったものの、現在では、「びょうがん」という音読に落ち着いている。

この句は、近江八景の一つ「堅田落雁」を踏まえたものである。「鴈」は、和歌に多く詠まれているものの、和歌では群れから離れた孤雁を詠む例はあまり見られない。また、和歌において、「近江＝会う」「堅田＝難い」は、「会いがたい」という意味が言い掛けられた地名でもある。このことは、旅寝の隔絶感、そして芭蕉の孤独に関わってゆくと考えられる。

私は、この句はとても素晴らしい句だと思う。とりわけ、「病鴈」という着眼点が秀逸である。前述の通り、「鴈」は群れで飛ぶ様子を詠むことが多いが、この句では群れから離れた鴈に目を向け、一羽の鴈が落ちて行く悲しみ、孤独がありありと伝わってくる。「病鴈」に旅先で病床に臥す自らを重ねて詠んでいるのも見事だ。近江や堅田を詠んだ古典作品を響かせた、非常に完成度が高い句である。

Just as the clam is torn from its shell
I must tear myself away from you
to go to Futami at autumn's end.

Just as a clam is parted from its shell,
I too must part from you
to go to Futami at autumn's end.

蛤のふたみに別行秋ぞ

出典

おくのほそ道
元禄2年（1689年・46歳）・大垣（美濃）

現代語訳

蛤が蓋と身にわかれるように引き裂かれる思いで、私は親しい人々と別れて伊勢二見へと、悲しみも深まるこの秋の終わりに再び旅だってゆく。

「ふたみ」には蛤の「蓋」と「身」、地名の「二見」が掛けられている。「二見」は伊勢の歌枕・二見が浦のことで、三重県伊勢市二見町の伊勢湾に面する海岸。白砂青松の景勝地として知られ、興玉神社や夫婦岩がある。「貝」「蛤」は寄せの詞（連歌・俳諧で「伊勢」から連想される語）で、「行秋」も「別行」との掛詞になっており、二見に縁ある「はまぐり」、そしてその縁語である「蓋」「身」が用いられている。

『おくのほそ道』の結びの句であり、西行歌「今ぞしる二見の浦の蛤を貝合とておほふなりけり」（山家集）との関連も指摘される。

大垣は戸田采女正氏定十万石の城下。『おくのほそ道』の結びの地で、芭蕉は八月二十一日かそれ以前にここに到着した。大垣には芭蕉の古くからの門人達がおり、『おくのほそ道』大垣の条には、それらの門人との再会の喜びが記される。中でも彼を歓待したのは、谷木因という人物であった。彼は大垣船町の船問屋の主で、延宝八年、芭蕉が三十七歳の頃から交流があった。そうした懐かしい人々とふたたび別れて旅立つ悲しみを、蛤の貝と身が剝がされるイメージに重ねて詠んでいる。

芭蕉と同様、私も親しい友人が大垣に住んでいる。そのため、大垣と言えば私にとっても友人を連想する地であり、とても共感できる句である。

此道や行人なしに秋の暮

Nightfall, late autumn—
Not a single traveler
on the road I take.

出典

其便
元禄7年（1694年・51歳）・大坂（摂津）

現代語訳

寂しい秋の終わりの日暮れ時、行く人の姿のみえないこの道を私は歩いてゆく。

この句には「所思（しょし）」（思うところあり。杜甫の詩の題にもある）という前書が付いている。『笈日記』では、「人声や此道かへる秋のくれ」という別案と並んでこの句が掲載されており、当初は眼前の風景を詠んだ句であったと考えられる。しかし、「所思」という前書を見れば、単なる写生句にとどまらず、俳諧という芸術の道を孤独に歩む芭蕉の心境が込められた句であるとわかる。秋の夕日が落ちようとする瞬間を捉えた描写と同時に、自分の心を表現しているのが芭蕉らしい。

「此道や行人なしに」を文字通りに英訳すれば「There is no one」となるが、「Not a single traveler」とすることで、この道を歩く人がいないという風景の描写と、それに重ねられた、俳諧の道の孤独という抽象的な意味を表した。

この句に触れて、ロバート・フロストという二十世紀で五本の指に入るアメリカの詩人の「The Road Not Taken」（歩むもののない道）という詩を思い起こした。

Two roads diverged in a wood, and I—/I took the one less traveled by,/And that has made all the difference.（森の中で道が二手に分かれていた。そして私は、／まだ人が分け入ってない方の道を選んだ／それによって全てが変わった）

時代や場所を越えて、他の人が選ばない詩の道を生きる覚悟が表現された点で、芭蕉の句と通じ合うものがあると思う。

Autumn deepens—
I wonder what he's up to,
the man next door.

Autumn deepens—
I wonder what he's like,
the one who lives next door?

秋深き隣は何をする人ぞ

出典

笈日記
元禄7年（1694年・51歳）・大坂（摂津）

現代語訳

秋も深まってゆく頃、間口の狭い大坂に滞在すると、隣の物音が聞こえてきて、どういう人なのかと人恋しくなる。

芭蕉の弟子、支考が著した『笈日記』によれば、元禄七年九月二十九日の夜、大坂の芝柏亭で行われた連句会に芭蕉も招かれていたが、病のために出席ができないと判断し、発句だけを作って届けたのがこの句だという。芭蕉は実際、二十九日から病床を離れられない状態となり、十四日後に逝去する。

「隣は何をする人ぞ」は、隣家に住む人でさえ、どんな人なのかも知らずに生きている都会人の孤独を詠んだかのように見えるが、実はその反対である。というのも「秋深し」は、人恋しくなるほどのもの悲しさを表す季語だからだ。芭蕉は、この季語を用いて、よく知りもしない隣人とも言葉をかわしてみたいほどの人懐かしさを詠んだのである。そこには病床にある芭蕉の深い孤独と、この世への愛情が表現されているのではないか。

キリスト教の重要な教えの一つとして「Love Thy Neighbor」（隣人を自分と同じように愛しなさい）がある。私は幼い頃からミサに行くたびに何度もその言葉を聞いていたため、この句に触れた時にも思い出された。ある言葉によって想起されるイメージは文化・時代の違いのみならず、同時代であっても読み手ごとに少しずつ異なる。初めて味わう時は自分の素直な感性も大切にしつつ、その後学びを深めることで、芭蕉が句に込めた思いに歩み寄っていきたい。

This autumn
why have I aged so?—
A bird flying into clouds.

This autumn
why have I aged so?—
A bird flying, drifting clouds.

此(この)秋は何で年よる雲に鳥

出典

笈日記
元禄7年(1694年・51歳)・大坂(摂津)

現代語訳

今年の秋はどうしてこれほどに衰えや老いの寂しさを感じるのだろう。遠くはるかに雲は流れ、鳥は飛んで行くのを見ると旅の愁いはさらに深くなる。

連歌以来「鳥雲に入る」や「雲に入る鳥」は春の季語となっているが、ここで「雲に鳥」は季語ではなく、秋の空に浮かぶ雲と、その雲に向かって飛ぶ鳥という景を詠んだものである。更に、漂泊の生涯や老衰の寂しさ、孤独の思いを象徴してもいるのだろう。

句が詠まれた元禄七年九月には芭蕉は体調を崩しており、その後、翌月に亡くなっている。この「何で年よる」には、体調が優れなかった芭蕉の、自らの肉体の衰えに対する実感が込められているのだろう。また、「何で」は、思わず口をついて出たがごとき表現で、そう呟く彼の姿が目の前に浮かんでくるようだ。

「雲に鳥」という語の使い方は極めて美しい。季語と同じ取り合わせを用いながらも、全く異なる意味合いの秋の句に展開していくのは芭蕉にしかできないことではないだろうか。一羽の鳥が雲の中に入っていく様子は、寂しさや孤独、遠い隔たりを思い起こさせ、それは老いにも結びつく。そこに「何で」という口語的な表現を合わせることで、かえって孤独な鳥のイメージが際立っている。

冬の旅

旅人と我名よばれん初しぐれ

出典

笈の小文
貞享4年（1687年・44歳）・江戸（武蔵）

現代語訳

定めなさの詠まれてきた時雨が、この冬も初めて降り過ぎてゆく。私もまた、その定めなさに身をまかせて旅に出よう。旅に生きた古人達の姿に倣って、ただ「旅人」である者として。

First winter showers!
call me by my true name—
Traveler!

この句は、『笈の小文』の出立に際し、其角亭での送別の会で詠まれたものである。「時雨」は侘しさを感じさせる冷たい雨であるが、その中で敢えて旅立って、濡れることを厭わないところに風雅・風狂の心が表れている。また、降ったり止んだりという時雨の定めなさは、そのまま旅人の在り方でもある。

「旅人と我名よばれん」には、能の舞台で初めに登場し、自己紹介や場面設定といった名乗りを謡い出すワキ僧のイメージが重ねられているとも言われる。また、「(旅人と) よばれん」という表現は、単に「旅人」と呼ばれたいという願望を表しているだけではない。そこには、旅に生きた先人と同じく、旅人になろうとする決意が込められているのである。

ここに合わせる季語が「初しぐれ」というのも芭蕉らしい。初冬の景物である時雨とともに旅立つ以上、これから厳しくなっていく寒さに耐えながら進まなければならない。和歌において景色と人の心情を重ねて詠むことはよく見られるが、ここでも当時の風景や寒さが、旅人・芭蕉の覚悟を表しているのだ。

英訳では、先人たちと同じような旅人として生きる覚悟が伝わるように、「call me by my true name—Traveler!」とした。意訳ではあるが、結果としてこの句の真髄に迫る訳になったと思う。

First winter showers—
the monkey seems as if he, too,
wants a little straw raincoat.

初しぐれ猿も小蓑をほしげ也

出典

猿蓑
元禄2年（1689年・46歳）・伊勢から伊賀への途中

現代語訳

この冬初めての冷たい時雨の中、私は旅路を行く。猿よ、おまえも旅に出たいのか。体にあわせて小さな蓑をほしげに見える。

この句は、俳書の中でも特に評価の高い『猿蓑』の巻頭に掲載され、その書名の由来ともなった句である。

「時雨」自体は和歌でも詠まれるが、前の句で触れたように俳諧では特に「初時雨」が寂しいイメージを持ちつつも賞美されるものであった。この句では、人間のみならず猿までもが時雨に興じていると詠んだところに、俳諧らしい新しさが感じられる。

時雨のつらさや、濡れる猿への憐れみを詠んだとも解せる一方で、猿も蓑を着て、風雅を共にしたいと願っている、芭蕉が猿をそうした同志と見ているとも解せる様々な解釈を可能にする一句だと言えよう。現代語訳とは異なるが、私は猿が寒がって蓑を欲していると考えたい。また、芭蕉だけでなく猿の方も芭蕉に共感しているように感じたので、それを「too」で表した。人間と自然の一体化は和歌の世界でよくみられ、特に鹿や雁の鳴き声に自身の悲しみを重ねる歌は多いが、それらに通ずる日本的な感性だろう。この句はそうした新しさと古風さを持ち合わせている。

また、芭蕉にとって「時雨」は特別なものであったため、冬の句では異例だがこの句が『猿蓑』の巻頭に置かれた。ただ、もしかすると彼が中年生まれだったのも理由の一つかもしれない。句の中で芭蕉が猿に向ける温かな眼差しからは、彼の特別な思い入れを想像してしまうのだ。

As Sogi wrote, life is fleeting, like shelter from winter showers in a temporary hut.

世にふるもさらに宗祇のやどり哉

出典

みなしぐり

天和2年（1682年・39歳）以前

現代語訳

旅の連歌師・宗祇が「しぐれのやどり」と句に詠んだように、この世にあるのはほんのひとときで、つらいものだが、その侘びた境涯をこそわが生き方としたい。

宗祇の「世にふるもさらにしぐれの宿りかな」（新撰菟玖波集）という発句をもとに詠まれた句だ。宗祇は、室町時代後期の連歌師。宗祇の句は、「ふる」に「降る」と「経る」を掛け、この世に生きることを束の間の雨宿りになぞらえたものである。

芭蕉の句はこれを受けながらも、宗祇の句のような重苦しさは一切ない。俳諧では句の一部分だけを変えて詠みあう手法があり、この句では重たい印象の「しぐれ」という季語を「宗祇」に変えて、彼に呼びかけるような詠みぶりになっている。芭蕉には実際に弟子と、句の一言だけ変えてやり取りした例も残っており、そこには詠み手と受け手の楽しさの呼応が感じられる。座の文芸としての俳諧の特徴が良く表れた例だが、現在でも有名な言葉を部分的に変える言葉遊びに心当たりがあるだろう。

「宗祇のやどり」は彼の句を暗示するとともに、宗祇と芭蕉が一緒に雨宿りしているかのようなイメージもできる。そこからは芭蕉の、宗祇に対する深い敬愛の念が窺えよう。内容も宗祇の句に付き従う形になっており、オマージュとしての完成度は非常に高い。現代の詩の感覚からすると先人に頼りすぎているように見えるが、一句単体の完成度とは違った、遊びの文芸としての達成が伝わってくる。

なお、少し意訳することで英語でもわかりやすいようにした。

Early winter shower—
in the rice paddy
new stubble blackening.

しぐるゝや田の新株（あらかぶ）の黒むほど

出典

記念題

元禄3年（1690年・47歳）・近江から伊賀への道中

現代語訳

時雨が通り過ぎてゆく。さっと降ってはやむ冷たい雨に、刈り取ったばかりの稲の切り株がわずかに黒みを帯び、やがては朽ちてゆく時の流れをふと感じさせる。

芭蕉は、九月二十七日に近江の膳所にある義仲寺の草庵から京都へ発つも、一度膳所に戻り、二十九日頃に故郷である伊賀へ向かったようで、この句はその途中に詠まれたものである。

「新株」は稲刈りが終わった直後の切り株のこと。この句には、時間的な経過とともに、時雨に何度も濡れた切り株が腐っていくという解釈と、今目の前に降った時雨で切り株が濡れ、色が変わった様子だとする解釈があるが、近年の解釈は後者が多い。いずれにしても、目の前の情景を鋭く捉えて描写した新鮮な句である。

時雨を詠んだ芭蕉の句は多いが、ここでは今まさに降っている雨として描かれ、それが新株を黒くしていく場面が鮮やかに見えてくる。まるで芭蕉と一緒に、時雨によって切り株が黒くなっていく場面を見ているかのような、臨場感のある句だ。

翻訳のポイントは「新株」を「stubble」と訳したことにある。これは短く刈った頭髪や無精髭などを表すときにも使われる語で、稲刈り後の様子にぴったり当てはまると思う。

私はアイルランドの田舎で育った子供時代、毎年冬を迎えると、雨がよく降り、辺りの畑一面が黒くなったのを思い出した。それはこれから厳しくなってゆく寒さを予言しているかのように感じた。

Though it was freezing
on that night we spent together,
you were so dependable, so kind.

寒けれど二人寐る夜ぞ頼もしき

出典

笈の小文
貞享4年(1687年・44歳)・吉田(三河)

現代語訳

凍てつく冬の旅寝も、今夜は師弟二人連れ。寒さはしのび寄ってくるのだが心は温かく通い、頼もしいことだ。

『笈の小文』本文によれば、蟄居中の友人・杜国を訪ねる道中、越人とともに吉田に宿泊した折に詠んだもの。「二人寐る」という表現は、『後撰集』や『大和物語』に見られる小野小町と遍昭の戯れの贈答歌、「岩の上に旅寝をすればいと寒し苔の衣を我れにかさなむ」(小野小町/岩の上に旅寝をすると大変寒いです、岩につきものの「苔」の衣と言われる僧衣を私に貸してくれませんか)「世を背く苔のころもは唯一重貸さねば疎しいざ二人ねむ」(遍昭/世俗を離れた苔の衣はただ一重で人に貸すと自分が寒いが、貸さないのも薄情だ、いっそ一枚の衣に二人で寝ましょう)を踏まえている。

この句を私は初め、散文的で意外性に欠ける句だと思っていた。だが、当時の旅というものを考えると、これまでも述べてきたように、その道中の不安は計り知れない。まして冬の一人旅であれば尚更であろう。そんな中、一緒に行ってくれる弟子がいる心強さが、二人で眠る暖かさによって描かれているのだ。芭蕉の喜び、越人に対する感謝の念が感じられる。元々男女の共寝を思わせる贈答歌を、男性同士で利用している点はユーモラスでもある。江戸時代の俳諧の世界に浸ってみると、これまで知らなかったものの見方に触れたり、新しい発見があったりして面白い。

ごを焼(たい)て手(て)拭(ぬぐひ)あぶる寒さ哉

In the freezing cold,
I burn dried pine needles,
hold towels to the fire.

出典

笠日記
貞享4年（1687年・44歳）・吉田（三河）

現代語訳

この地方ならではの古松葉を焚いて凍てついた手ぬぐいをあぶる。寒さが旅情とともに身にしみてくる。

「ご」は、松の枯れ落葉を言う古語で、尾張・伊勢・三河・美濃などでは方言として残っているらしい。主に焚火の燃料として用いられていた。

枯松葉はすぐに燃えるが、火勢が衰えるのもあっという間であることや、「手拭あぶる」という中七から、身支度を急ぐ慌ただしい旅の朝を詠んだ句とも考えられる一方で、宿に到着した際の安堵感が詠まれた句とも解せる。

この句の訳の鍵は「ご」という方言だ。この一語で、その場所ならではの地元感と、旅先感のどちらも表現されている。しかし、それ以外の部分は少し弱くて、簡単な冬の一場面しか描写していない。英語では方言を訳せないため、そのままでは短い散文のようになってしまう。「簡単な冬の一場面」と書いたが、それは逆に、解釈は読者に委ねられているともいえる。そこで、「手拭あぶる」を「hold towels to the fire」とし、凍った手拭いを溶かす、濡れた手拭いを乾かす、外に行く前に温める等々、なるべくすべての解釈が可能になるように工夫した。

旅と観光の違いの一つは、雨風に晒されるか否かである。今の時代、夏は冷房、冬は暖房で快適に過ごせるが、当時芭蕉がしたような本当の旅は、移動中はもちろん、宿が取れなければ野宿することもあり、天気の影響を直に受けることになる。そうした困難があればこそ、一生記憶に残る体験にもなりうるのだ。

In deep-rooted leeks
washed so white, I feel
the freezing weather.

葱(ねぶか)白く洗ひたてたるさむさ哉

出典

韻塞
元禄4年（1691年・48歳）・垂井（美濃）

現代語訳

葱(ねぎ)を冷たい水でざぶざぶと洗う。その白さに凛とした寒さが身に感じられる。

美濃の垂井にある本龍寺の住職・規外を訪ねた折に詠まれた句である。「葱」は根元の白い部分が多い、一般的に長ねぎや白ねぎと呼ばれる根深葱のこと。垂井地方は葱の産地だったようで、名産品である宮代葱を詠むことによって、規外への挨拶としている。

「葱」の白さという視覚的な「寒さ」に着目し、それを肌で感じる「寒さ」と重ねて詠むことによって、「寒さ」が一層印象的に伝わる。

この句もまた、矛盾によって構成された句と言える。普通、洗った後の葱の白さという「色」を見るだけでは「寒さ」を感じないはずだ。しかし、その矛盾したイメージこそが実は説得力を持つ。自然界には雪や氷、霰など実際に寒さと繋がる白いものが多数ある中で、葱の色に着目した点に意外性とオリジナリティがある。

さらに、この句には自分がまさに葱を洗っているかのような臨場感がある。水は冷たく、泥が落ちるまでにかかる時間は長い。そうして洗い上がった真っ白い葱が冷たい掌の上に乗っている。一句を読むとそれらが手に取るように感じられるのだ。

ちなみにアイルランドにはリーキはあるが長葱はない。日本に来た当初はなかなか葱の味に慣れなかったが、いつの間にか自ら好んで買いに行くようになっていた。私は心はともかく、味覚は日本人のそれになったと感慨深く思った。

I'm like the crazy comical poet, Chikusai,
crazy with desire to write comical haiku,
even while I'm traveling in biting winds.

狂句木枯の身は竹斎に似たる哉

出典

野ざらし紀行

貞享元年（1684年・41歳）・名古屋（尾張）

現代語訳

狂句に身を焦がして木枯らしの吹く中をわびしく旅ゆく私は、まるであの狂歌を詠みながらゆく藪医者竹斎といったところだ。

この句は、『冬の日』巻頭歌仙の発句で、名古屋の惣町代岡田野水（おかだやすい）の主催する句会で初めて披露されたものである。

「竹斎」は、当時流行していた仮名草子『竹斎』『竹斎東下り』の主人公。竹斎は狂歌を詠むことに長け（た）た藪医者で、作中では、京から江戸まで諸国を放浪し、失敗を重ねながらその都度狂歌を詠んでいく。また、名古屋にも三年滞在し、「天下一の藪くすし竹斎」の看板を出していた。それを踏まえたこの句には、句会に出席した尾張の連衆に対する挨拶が込められている。

この句はユーモアと機知に富んでいる。だが、当時の人々には共有されていたものの、現代の我々にはわからない文脈の中に位置づけられるため、理解が難しい面がある。竹斎がどんな人物かということや、「木枯」に「焦がれる」を掛ける掛詞などは、英語では伝わらないものだ。今回は「焦がれる」のニュアンスを「crazy with desire to」で表している。

しかしながら、木枯しの冷たい風の中を旅するだけでなく、いかなる状況でも句を詠みたいと、どうしようもなく俳句に焦がれる芭蕉の生き方は素晴らしく感じられる。芭蕉にとっては旅すること、生きることがそのまま芸術となったことが窺えよう。

Without a fixed abode
the portable brazier
has the heart of a traveler.

住つかぬ旅のこゝろや置火燵

出典

猿蓑
元禄3年（1690年・47歳）以前・京（山城）

現代語訳

一つところに落ち着くことのない旅の宿りの境地は、まるでこのどこにでも動かせる置火燵といったところだね。

「置火燵」は、底板のあるやぐらの中に炉を入れた、自由に持ち運びができるこたつのこと。自由に移動できる「置火燵」は、一つの場所に定住しない心に通じるものとして詠まれているのだろう。

其角は『枯尾花』において、この句が、慈鎮(慈円)の「旅の世にまた旅寝して草枕ゆめの中にも夢を見るかな」(千載和歌集・この世を生きるのは旅のようであるのに、そのこの世で旅寝をして、この世は夢のようでもあるのに、そのこの世で夢を見ることよ)という歌を踏まえていると指摘しているが、直接的な関係は考えにくい。しかし何らかの影響は考えられる。

「置火燵」に自身の旅人としての気持ちを託す、とても素敵な句だ。両者に共通するのは自由自在に動かすことが出来る点だが、この取り合わせは新鮮で独創性がある。置火燵はひょいっとどこにでも持ち運びができ、旅人は絶えず動き回っている。それが表すのは旅人にとっての旅の喜び、冒険、発見、そして孤独でもあろう。英訳では置火燵を擬人化してみたが、こうすると芭蕉が身近な日用品の中に自身の生き方を表現しているように見えて、ユーモアが感じられると思う。

あそび来ぬ鰒（ふく）釣（つり）かねて七里迄（まで）

I could not catch any fugu
though I fished
seven leagues to Shichiri.

I couldn't catch a single fugu when I fished
along the Sea Path of Seven Leagues.
Ha! I'm like that Urashima of ancient times,
who couldn't catch a bream for seven days.

出典

熱田皺筥物語
貞享元年（1684年・41歳）・桑名（伊勢）

現代語訳

河豚釣りをかねて舟遊びに興じたが、河豚は釣ることができずに七里の渡しをわたってしまった。これも一興、七日の間、鯛を釣りかねた浦島のようだね。

この句は、『万葉集』に「水江の浦島の子が堅魚釣り鯛釣りかねて七日まで家にもこずて」（巻九・一七四〇番・水江の浦島の子を詠ずる一首）とあるのを踏まえていると考えられる。『万葉集』では「鯛」とあるところを、「鯀」とアレンジすることによって、俳諧らしい軽妙さが感じられる句となった。

「釣かねて」は、「釣ることができないで」という意と、「釣りを兼ねて」という意の掛詞である。「七里」というのは、桑名・熱田間の海上の距離を表し、この間を舟で渡る海路は「七里の渡し」と言われていた。芭蕉は木因と桑名を出発し、熱田に到着した際にこの句を詠んだのである。

軽妙だが、一読して理解しづらい句だと思う。というのも、浦島伝説をはじめ多くの背景を持つのに、俳句の中でそれを匂わせていないからだ。そこで、文字通りに訳したものと、背景を取り込んだもの、二つの訳を用意した。

芭蕉と浦島の共通項は「七」である。そのため、二つ目の訳では、芭蕉が七里を旅し、浦島が七日間釣りをしたことを前面に押し出してみた。また、自分が浦島のようだと気づいた芭蕉の喜びは「Ha!」と「that Urashima」という形で表している。二つ目の訳の方が、一句の面白さが伝わる、読んで楽しい訳になったと思う。

なお「河の豚」という、ふぐの漢字表記はチャーミングだと感じた。

This grilled water dropwort reminds me
of the hermit at the mountain foot,
his rice field covered with the first frost.

As in that lovely phrase of old,
I feel like the ancient hermits who enjoyed
grilled water dropwort at the mountain's foot
by a rice field covered in the first frost.

芹焼やすそわの田井の初氷

出典

其便
元禄6年（1693年・50歳）・大垣（美濃）

現代語訳

香ばしい芹焼をいただくと、「すそ輪の田井に根芹つむ」とも表現された、隠遁の人の住む山裾の田に、初氷が張った頃かとゆかしく思われる。

元禄六年十一月十七日に、大垣藩士の弟子・濁子（じょくし）を訪ねた折、芭蕉は「芹焼」をご馳走になったようで、この句はその際に詠まれたものである。

「芹焼」については、熱した石の上で芹を蒸し焼きにしたものとも、芹を油で炒め、雉や鴨などの鳥肉と煮た一種の鍋料理とも言われている。

「裾回（すそわ）の田井」は、『万葉集』以来歌に詠まれてきた表現で、山の麓の田を指す言葉。『方丈記』に「すそわの田居にいたりて」と見えるほか、芭蕉が愛読していた『挙白集』にも「すそわの田井に根芹をつみ」とある。

この句のイメージは「芹焼」が、単に芹を焼いただけの料理なのか、鴨の肉が入った料理なのかによって少し変わってくるが、いずれにせよ、芹という植物は隠者の生活の象徴としてふさわしい。芭蕉はそうした隠者の生活を親しい弟子と共にしていると想像して、もてなしに対する感謝を込めているのだ。初霜の冷たさと熱い芹焼の対比も見事である。

これらに合わせて「すそわの田井」が、『万葉集』に端を発する古のイメージと隠者の悠々自適な生活を連想させ、一句に優雅さをもたらしている。一つ目の訳は句の言葉通りにしたが、二つ目の訳では「すそわの田井」という語が持つ背景を伝えるため、最初に「As in that lovely phrase of old」を補っている。

When it hails, I'll simmer the ice fish
that I caught in a wicker net,
and serve them piping hot to my guest.

あられせば網代(あじろ)の氷魚(ひを)を煮て出さん

出典

花摘
元禄2年(1689年・46歳)・膳所(近江)

現代語訳

霰(あられ)模様の寒い日によようこそ。霰が降ってきたら、「氷」という名が縁のある当地名産の網代の氷魚を煮ておもてなししましょう。

「ぜゞ草菴を人〳〵とひけるに」という前書によれば、義仲寺の無名庵を訪れた膳所や大津の門人たちへの挨拶が込められた句と考えられる。

「網代」は魚を捕るための仕掛け。川の瀬にいくつもの杭を並べて、網を引いて魚を簀の中に誘いこむ漁具で、簗（やな）のようなものである。特に、冬に氷魚などを捕るために用いられ、琵琶湖から流れる瀬田川や宇治川の網代は有名だ。「氷魚」は鮎の稚魚のことで、この名で呼ばれるのは、冬に捕るからとも、体が氷のように透き通っているからとも言われている。琵琶湖や宇治川などはその特産地である。なお、「あられ」と「氷魚」の「氷」は縁語になっている。

客人に対する親しみと、温かいもてなしの気持ちが伝わってくる点が好きな句だ。「あられ」と「あじろ」を似たような音をくり返す遊びとして入れ、「あじろ」と「ひを」で韻も踏まれている。また、厳しい寒さを表す霰と「氷魚」に対して、温かさを感じさせる「煮て出さん」の対比もある。英語では「煮て出さん」を「serve them piping hot」とすることで、温かさを表現している。

私もいつか芭蕉に、こんなおもてなしを受けてみたいものだ。

At the Cape of Irago—
I am thrilled to find
a single hawk.

鷹一つ見付てうれしいらご崎

出典

笈の小文
貞享4年（1687年・44歳）・伊良湖崎（三河）

現代語訳

鷹が初めて渡ってくる地と言われ、和歌にも詠まれたこの伊良湖崎で、孤高に空を飛ぶ一羽の鷹を見つけ、出会いの嬉しさを感じた。

「いらご崎」は、渥美半島の先端にある岬。西行の「巣鷹渡る伊良湖が崎を疑ひてなほ木にかかる山帰りかな」（山家集・巣鷹が渡って行った伊良湖が崎を疑って、やはり木に戻ってしまう山帰りの鷹であるよ）をはじめ、伊良湖崎の鷹を詠んだ和歌も多い。この句では、その伊良湖崎で、実際に鷹の姿を目にすることができた感動が詠まれている。同時に、この句と同じ日に詠まれた「夢よりも現（うつつ）の鷹ぞ頼母（たのも）しき」という句により、罪を得て流謫（るたく）中の杜国に会えた喜びも込められているとわかる。

芭蕉の句に度々登場する西行は、歌はもちろん、生き方自体も芭蕉に大きな影響を与えている。それは時々まるで芭蕉が自分の懐に西行を携えて旅しているように思えるほどだ。

海と岬と一羽の鷹、三つの要素が調和するイメージは極めて美しい。芭蕉は友人に会えた喜びを詠んでいるが、その友人と鷹が重ねられ、「うれし」という素直な喜びが表明される。さらに、その鷹は西行でもあり、一人の旅人である自分を表す可能性もある。一句の中に、一羽で飛ぶ鷹の如き孤独な一人旅と、深い友情、先達への敬愛の念、鷹に出会えた感動が重ねられ、芭蕉の表現力が高みに向かってどこまでも羽ばたいていくように感じる。

海くれて鴨のこゑほのかに白し

Darkening sea—
the cry of the duck
is faintly white.

As the sea darkens
the cry of the duck—
faintly white.

出典

野ざらし紀行
貞享元年（1684年・41歳）・熱田（尾張）

現代語訳

海辺で日が暮れて、あたりが薄闇につつまれてゆく中、白声のような鴨の甲高い声が聞こえ、かすかに白いその姿も見える。

『野ざらし紀行』の旅の途中、熱田の門人たちと行った連句の発句である。「ほのかに白し」については見解が分かれ、「鴨の声」を捉えた表現であるとも、日が沈んでも微かな光が残る海の景色を捉えた表現であるとも解されている。「鴨の声」を「ほのかに白し」という表現は、そもそも鴨の姿が白いこと（和漢三才図会）に由来するとも言われる。また、能で太鼓を打つ際に発する甲高い声を白声（しらごえ）と呼び、この発想も影響しているだろう。

この句には二つの訳を用意した。「鳥の鳴き声がほのかに白い」と関係性を明らかにしている一つ目よりも、二つ目の訳の方が原文には近い。こちらはダッシュで「the cry of the duck」と「faintly white」の関係を一旦切って、鳥の鳴き声が白いとも、それ以外のものが白いとも読めるようになっている。ただ、「鳴き声が白い」というオリジナリティのある発想を生かすなら、一つ目の訳のように断定する方が詩的である。また、日が暮れて暗くなっていく海の情景の中に、ほのかに白い鳴き声が聞こえてくるという対比は、その白さのイメージをより一層感じさせる。

これからやってくる冬の切なさは和歌にもよく登場する題材だが、それが幻想的な表現で極めて美しく描き出されており、私達の心いっぱいに表現し難い感動をもたらすだろう。

Still journeying,
I observed the world's
year-end cleaning.

旅寐してみしやうき世の煤はらひ

出典

笠の小文
貞享4年（1687年・44歳）・尾張から伊賀への道中

現代語訳

故郷への旅の道すがら煤払いしている人々を見かけた。そうした日常の習わしも、漂泊者の私にはいつしか縁遠いものとなってしまったことだ。

煤払いは旧暦十二月十三日に行われる大掃除。年中行事にいそしむ人々の様子を、そうした世間の営みとは無縁となった、漂泊する自分の身と対比している。浮世の外にいる自己の認識は、芭蕉作品にしばしば見られる。私はこの対比に感動した。

一方で、この句は日本人以外には少し共感しづらい面がある。ここでは家族だけではなく共同体全体で同じ日に一年の大掃除をする習慣が描写されており、こうした風習は数十年前まで守られていたという。英語には「spring cleaning」（春の大掃除）という言葉があるが、これは共同体とは関係なく、家族単位で行う大掃除のことである。地区全体が毎年ある決まった日に大掃除を行うというのは、個人主義の発達した欧米では受け入れられないだろう。

「煤払い」という言葉は、溜まった煤を払う様子が非常に視覚的で、好きな表現である。最初は「sweeping of soot and grime」と直訳したが、結局、「year-end cleaning」という訳に落ち着いた。

また、「the world」という訳語はまるで世界を表しているように思われるかもしれないが、実は「世間」の英訳としては一般的であり、「Everybody」などと人々を表す語に比べると素敵な表現だと思う。とはいえ、同時に世界も連想させるため、若干大袈裟に言っているようなユーモアも生まれる。

馬をさへながむる雪の朝（あした）哉

出典

野ざらし紀行
貞享元年（1684年・41歳）・熱田（尾張）

現代語訳

一面真っ白な景色となった雪の朝は特別に風情があって、旅行く人の馬さえもしみじみとながめられることだ。

Even a horse
is something to gaze upon
in the morning snow.

Even a traveler's horse
is something to gaze upon
in the morning snow.

「馬をさへ」の「馬」は、底本に「旅人をみる」と前書があることから、一般的には旅人を乗せた「馬」として解されることが多い。しかし、この句を単体で見た場合には旅人とは無関係の、人や荷物を乗せていない「馬」として解することもできるだろう。「雪の朝」については、絶えず雪が降り続ける朝とも、昨夜からの雪が止んだ朝とも捉えられてきたが、後者と解するのがよいだろう。

句には、「馬をさへ」と、添加を表す助動詞「さへ」が用いられていることから、旅人のみならず馬までもという意や、「雪の朝」という情趣を誘われる景物に加えて、普段は気にも留めない馬にまで情趣を誘われるという意が込められていると考えられる。

この句には二つの訳を作り、一つ目は馬単独と、二つ目は旅人の乗る馬として解釈している。旅に根付いた生き方をした芭蕉にとって、旅の乗物の一つである馬は当たり前の存在であるにもかかわらず、そこに感動する点に新鮮さがある。だが、雪の中に勒（くつわ）も鞍（くら）もついていない一頭の馬が立っているとする方が、英語の詩としては美しい。

馬といえば、子供時代、実家でロージーという栗色のメスの馬を飼っていた。私の母は馬を何より大切にし、雪が降ると毎回その馬を小屋に連れて行ったものだ。スカーフを被った母の姿は雪景色によく似合っていた。

Repolished, how clear
the sacred mirror of the shrine—
Falling snowflake flowers.

磨（とぎ）なほす鏡も清し雪の花

出典

笈の小文
貞享４年（１６８７年・44歳）・熱田（尾張）

現代語訳

熱田神宮の御修復も終わって神域はさらに清々しさを増し、研ぎ直された神前の鏡も神々しく清らかに光る。折から真っ白な雪が花のように舞い散り寿ぐかのようだ。

句に詠まれた熱田神宮は、貞享三年七月に三か月の大修復を終えている。芭蕉は貞享元年八月から翌年四月にかけての『野ざらし紀行』の旅の折にも、この熱田神宮を訪れていた。しかし、その時の社殿の荒廃ぶりは凄まじく、『野ざらし紀行』にも「社頭大イニ破れ、築地(ついじ)はたふれて草村にかくる……」と当時の様子が記されている。この句は、修復の翌年、『笈の小文』の旅で再びこの地に足を運んだ芭蕉が、十一月二十四日（新暦の十二月二十八日）に詠んだものである。

『野ざらし紀行』の旅で訪れた時からは一転して、清らかで神々しい熱田神宮の様子が、「鏡」と「雪」によって表現されている。

一句は鏡と雪の花という二つのイメージを通して、建て替えられた神社の清らかさと美しさを描くが、その婉曲的な美の表現は英語ではほとんど伝えられない。ある物事を他のことで代用して表す技法は、英語でも「ホワイトハウス」と言えばアメリカ政府を表すように、よく利用されている。だが、「鏡」が御神体を指すと知っている日本人とは異なり、鏡の語で神社を表すのには大きな飛躍があると感じられるし、磨いた「鏡」と「雪の花」の関係もうまく繫がらない。ここでは、両者に共通する冷たくて清らかなイメージが重ねられているのだ。英訳では鏡を「the sacred mirror of the shrine」として、神社との関係性と清らかさを表現してみた。

In the first light
how white the ice fish,
a mere inch long.

明ぼのやしら魚しろきこと一寸

出典

野ざらし紀行
貞享元年（1684年・41歳）・桑名（伊勢）

現代語訳

しらじらとほのかに明るさが増してゆく曙に、透き通った白魚が白く光る。冬の今はまだわずかに一寸ではあるが。

この句は桑名の浜で詠まれたものである。「しら魚しろきこと一寸」という表現は、杜甫の「白小」の「白小群分ノ命、天然二寸ノ魚」という一節を踏まえているが、「二寸」ではなく「一寸」としているのは、白魚の大きさが「冬一寸、春二寸」と言われることに由来しているかもしれない。「白魚」は本来は春の季語であるが、「一寸」と詠むことで、「白魚」が成長しきっていない冬の季語として用いた特殊な使い方だ。この表現は、目の前にある幼魚の姿を具体的に捉えつつ、「春二寸」を逆手に取ったユーモア、さらに全てのものがここから始まる「一」(始まりの季節)という意味も込められている。魚の白さは、単なる白ではなく無色透明なイメージを含んでいる。

芭蕉は句の中に白という色をよく使う。他にも葱の白さで寒さを表す句や、鳥の声が白いと詠む句があったが、これらは白さに重層的な意味を持たせた表現だ。だが、この句では実際の白さそのものが描かれる。私は夜明けの薄暗さの中で際立つ白い魚をイメージしたが、古来「明ぼの」は「白」として捉えられてきたそうだ。その輝くような白さの中でなお、白い小さな魚が強調されているのだ。和歌では「雪のような花」のように白を共通項とした見立てが行われるが、目の前にある白い物を重ねる斬新な表現で、この句は傑作となっている。

In the winter sun
as if frozen on his horse
a shadow of myself accompanies me.

冬の日や馬上に氷る影法師

出典

笠の小文
貞享4年（1687年・44歳）・天津畷（三河）

現代語訳

冬の薄い日ざしの中を寒風に身をすくませながら馬で旅ゆくと、まるで馬上に凍てついたような私の影法師が、もう一人の私のようにともに旅をしてゆく。

三河の保美に蟄居中の友人・杜国を訪ねる途中、天津畷の田の間を馬で行く時に詠まれたもの。天津畷は渥美湾沿いの一里の道で、海からの風を遮るものがなく、冬は非常に寒い。影法師を実際に地面に映る自分の影ととるか、自分の姿を客観視したものとするかで解釈が分かれるが、今回は前者の解釈をとっている。

これは私の特に好きな句の一つで、芭蕉の表現力に感服させられる一句である。これまでも紹介してきたように、自身の肉体を離れ、自分を絵の中の人物であるかのように捉える芭蕉の視点が魅力的だ。

また、「馬上に氷る」とあるが、いくら冬とはいえ影が凍るはずはない。だが、「氷る」と描くことで、視覚的な影が冷たさという温度を感じさせるものになり、不思議と一句に説得力が生まれている。このように矛盾を味方につけるところが芭蕉の鮮やかな手腕であり、大変見事である。通常、影は自分の肉体の付属物に過ぎないが、ここでは、凍っている影としての自分と、凍らずにそれを見ている自分と、自分が二つに分かれているように描かれるのが幻想的だ。私は初め「My shadow follows me」と訳したが、これでは通常のように影が自分に同行しているだけである。そこで、影が自分とは別の存在であることを強調するために「a shadow of myself accompanies me」と、両者の間に距離を取った訳にした。

Ill on the journey,
the dream takes off
runs around withered fields.

旅に病で夢は枯野をかけ廻る

出典

笈日記
元禄7年（1694年・51歳）・大坂（摂津）

現代語訳

旅の途中で病み伏せることとなり、さらに歩みを進めたい心が夢魂となってこの難波の枯野をかけ廻ることだ。

この句は、病に倒れた芭蕉が大坂の宿で詠んだもので、改作を除けば、芭蕉の生涯最後の句でもある。

英訳にあたっては、「dream」を単数形にするか複数形にするかで頭を悩ませた。眠りの中でみる「夢」の場合は、複数形を用いるのが一般的である。しかし、私はあえて単数形にして、「枯野」をかけめぐる「夢魂」も重層的に表現することを試みた。当時は睡眠中に魂が抜け出して種々の行動をするのが夢と信じられていたのだ。「withered」という言葉は、ただ荒れたことを示すのみならず、枯れた老人の意味もあるので、この句にぴったりだろう。

この句を詠んだ四日後に芭蕉は世を去った。自らの死を予期したかのようだが、「病中吟」という前書があることから、いわゆる「辞世の句」ではなく、「病を治して旅を続け、句作を続けたい」という意欲を詠んでいるとする説もある。しかし結果的に辞世に相応しい句となっていることが、耐え難いほどの切なさをこの句に与えてもいる。

一句には「人生は旅そのもの」、そして「人生ははかない夢のようなもの」という芭蕉の思想が見事に凝縮されているように思う。我々の人生は、冬枯れの野にあっけなく消え去っていくものかもしれないが、芭蕉の心は、病に倒れた身とは裏腹に枯野をかけめぐる夢を見続けずにはいられなかったのだろう。

芭蕉を翻訳する難しさと楽しさ

言葉のイメージの移ろいを捉える

芭蕉を翻訳する難しさの一つに、それぞれの句が詠まれたときの状況が、句の意味に深く関わっているということがある。発句とはそもそも連句、つまり何人かの人たちで五七五と七七の句を詠み合い、続けてゆく文芸の最初の句であり、その場を共にする連衆への挨拶という性格をもつからだ。だが、ある場所や物が持つ意味は、芭蕉の時代とそれから何世紀も経た今とでは、当然変わっている。それを知るのに、「日光」という地名は大変よい例である。

現代の私たちが思い浮かべる日光は、国宝かつ世界遺産で、三猿・眠り猫・陽明門などが有名な、あの日光東照宮である。だが、芭蕉は日光に対して全く違う連想をしていたのだ。これを知ると、彼が日光を詠んだ句の印象がガラッと変わってくる。ここでは金田房子氏の論文「芭蕉「あらたうと青葉若葉の日の光」」（鈴木健一編『天空の文学史　太陽・月・星』三弥井書店、二〇一四年）に導かれながら、芭蕉の思う日光を見に行ってみよう。

この句は現代の日光＝東照宮という連想から、その華麗さを詠んだものと解釈され、幕府を讃えた句だと考えられることもある。しかし、日光にはそれ以前に修験道の霊地としての長い歴史があり、江戸初期にはこれが整備され、盛んに参詣が行われていた。信仰の対象は日光山であり、『おくのほそ道』本文でも「御山に詣拝す」と記している。この旅で芭蕉は修験道の霊地をいくつも訪ねていたが、出羽三山はその中でも「目出度御山（めでたきおやま）」と讃えた。出羽三山の代表的な山・月山の「月」と日光の「日」は対応関係にある。「日」と「月」は『おくのほそ道』では悠久の時を刻むものとして意識的に描かれている。この対照は、『おくのほそ道』の結びにおいて、芭蕉と曾良が目指す伊勢神宮に祀られる太陽を司る天照大神（あまてらすおおみかみ）と、月山神社に祀られる月を司る月読命（つくよみのみこと）にも見られる。日光と出羽三山との対照は、作品全体を通じての日月への視線と、伊勢参宮への歩みという重要なモチーフを形成しているのだ。

「日の光」という語に着目してみても、和歌の表現で、初めは為政者の恩恵の意味で用いられたものの、時代が下るにつれて平等に世を照らす神仏の恵みを表すことが多くなる。「あらたうと青葉若葉の日の光」の句の初案である「あなたふと木の下暗（やみ）も日の光」で、木の下の闇までも照らすのであれば、やはり神仏の恵みと解釈する方が芭蕉の意図に沿っており、修験道の主要な修行である峰入りは擬死体験と蘇りを重要な要素とするのだが、推敲後の「青葉若葉の日の光」は、冬の枯死から蘇った新たな命の輝き、それを司る大自然の力への感動を表している。

このことを踏まえて鑑賞すると、本書の解説で示したように、「太陽や神仏、大自然に対する信仰と賛美」を句から読み取ることができる。

句の背景を理解する

このように複雑な背景をもつ場合、英訳に際しては元の句にない言葉を補った訳を用意することもある。例えば「石の香や夏草赤く露あつし」「あそび来ぬ鮗釣かねて七里迄」「狂句木枯の身は竹斎に似たる哉」などである。これらの句は言葉を補って訳した方が一句に物語性が生まれ、読んでいて楽しいと感じられるだろう。

また「此道や行人なしに秋の暮」という句では、「暮」という時間帯について、「sunset」「sundown」「twilight」「dusk」「nightfall」のように様々な訳が可能だ。ただ、これらの語には少しずつ違いがあって、最初の三つはポジティブ、またはロマンティックな連想を誘うが、「dusk」と「nightfall」は寒さと暗さを思い起こさせる。どちらがこの句に適しているか、答えは後者である。句の中で芭蕉は自分の旅に対する覚悟を、「暮」に託して表現しているのに、ポジティブに訳してしまってはイメージが全く異なる。「暮」が一句の中で持つニュアンスを正しく知らなければ、こうは訳せない。

「秋深き隣は何をする人ぞ」の句も同じだ。「秋深し」は単に季節の深まりを言うだけでなく、人恋しくなるほどの寂しさを表す季語なのである。

こうした言葉が喚起するイメージは長い年月を経る中で、現代の日本人にも理解しにくくなっている。当然、英訳だけでは伝えきれないため、解説が欠かせないのである。さらに、「秋深き」の句は解説にも書いたとおり、私は初め、「隣人」から自動的にキリスト教の教えを連想し、隣人愛を暗示した句だと間違って解釈していた。この句を読むことで、自分の文化的背景による先入観と、自力で解釈することの限界に気づいたのだ。

翻訳の過程ではある言葉をきっかけに、しばしばこうしたミスリーディングが起きてしまう。例えば「明ぼのやしら魚しろきこと一寸」の句で私は、まだあまり明るくない中で際立つ白い魚をイメージした。だが、調べていくうちに、古来曙は「白」として捉えられてきたことを知った。そうなるとこの句の解釈は一八〇度変わる。曙の白と白魚の白、言葉の上では三つの白が重なって大変まばゆい一句なのだ。同じ白色を重ねる点は、和歌における雪と桜のような見立ての世界も連想させる。

秋の悲しみを象徴する「鶉」を「鳩」に詠み変えた「鳩の声身に入わたる岩戸哉」の読解においても勘違いは起きた。私にとって、鳩の「クークー」という鳴き声に悲しいイメージはひとつもない。そのため当初、悲しいイメージを転換した句だと捉えていた。だが、当時の鳩の声の印象を調べていくうちに芭蕉は優雅な世界から日常の世界へと捻っているのだとわかったのだ。

ただ、こうした勘違いは悪いことばかりではなく、今後の芭蕉の翻訳への燃料にもなる。自分の先入観による誤りに気づき、異なる文化や、現代と芭蕉の世界との距離、そして語の背景をよく理解した上で解釈することの重要性を教えてくれるのだ。

複数の意味を表現する

俳句を訳す難しさのもう一つは、一つの句の中に、二つの異なる要素が含まれていることである。翻訳にあたっては、その二つの要素がどのような関係性にあるのかを読み解くことが、最初の悩みどころだ。「切字」は、主に助詞・助動詞などで句の中に「間（ま）」を生んで、読者に二つの要素の関係を想像させる働きを果たしていた。この「間」は俳句において重要な役割を果たすものの一つだ。

芭蕉の俳句において「切れ」はとても重要だが、私たちの多くは、切字が二つの文節を完璧に切り離すものだと勘違いしている。しかし上野洋三氏、川本皓嗣氏らの指摘や、金田房子氏も芭蕉句の解釈で例証しているように、「切字」には要素同士を切り離しつつ、それでもそこに繫がりを持たせる働きがある。これにより、私たちは句を頭から後ろまで、そして後ろから頭まで、行きつ戻りつする過程で、そこにある余韻と広がりと感動を味わうことができる。

一つの句に二つの訳を付けているものもある。「種芋や花のさかりに売歩く」の場合、一つ目の英訳では花盛りの下で泥のついた種芋を売っている姿を具体的に描写しているが、二つ目の訳では二行目の終わりに「—」をつけることによって三行目と切り離し、どこで売っているのかを曖昧にしている。

Walking around hawking
muddy taro seed potatoes
under blossoms in full bloom.

Walking around hawking

muddy taro seed potatoes—
cherry blossoms in full bloom.

私としては、美しい花と泥という対比に詩的な驚きがあるので、一つ目の訳のイメージが好きなのだが、俳諧の専門家の立場からすると、二つ目の訳の方が良いとされるのかもしれない。

このように二つの訳が生まれた場合は、二つとも、もしくは私が気に入った一つの訳だけを載せている。今のところ、総じて英訳の際、切れの部分で完璧に切らない方が良い訳になったと感じることが多いのだが、芭蕉の句を翻訳する経験を重ねていくにつれて、この考えも変わっていくかもしれない。

日本文化の真髄を伝える

ここまで、私が本書の執筆にあたって行った挑戦をいくつか取り上げてみたが、植物の名前など、一見訳すのは簡単に思えるものでさえ、句に合った表現を選ぶことは難しい。例えば、「どむみりとあふちや雨の花曇」に詠まれる「樗（おおち）」は一般的には「the chinaberry tree」があてられる。だが、この表現はあまり詩的ではない。更に使わなかった。

「berry」とあると実が生った時のイメージが強くなるため、花を詠んだ今回の句には使わなかった。

ただ、喜びもたくさんある。俳句のルールは日本文化の真髄を教えてくれる。ルールと言われて恐らく最初に思い浮かぶ季語はもちろん、それ以外にも特別なイメージを持つ言葉が色々ある。

「旅人と我名よばれん初しぐれ」と「芹焼やすそわの田井の初氷」。二つの句に共通するのは「時雨」「氷」という語の前に「初」とつくことだ。日本人は今でも初売り・初鰹など初物が好きだと言うが、特に俳諧では初めて出てきたことを賞美する姿勢がある。冷たい雨である「時雨」や厳しい冬の訪れを感じさせる「氷」でも、今年初めてなのだからと楽しんでいる芭蕉の想いが感じられるのだ。

また、伝統を背景として特別なイメージを持つ言葉もある。例えば「青春」や「白秋」のように季節と色を組み合わせる言葉を知っているだろう。これは中国古来の五行説に基づいたものだ。五行説は全てのものが木・火・土・金・水の五つの元素からなると考えるもので、秋と白は同じ金に配されている。そのため、秋には金色や白色のイメージがつき、秋風を「金風」や「白風」と言った。このことを利用して芭蕉は「石山の石より白し秋の風」という句を詠んでいる。

こうした伝統は翻訳上の制約になり得るものの、それ以上に、芭蕉の句から感じ取る情緒には普遍性がある。和歌は優雅な世界のみを描いたが、芭蕉は特別な美しさだけでなく、日常の中にある動物や植物を描いている。彼の日常生活での発見と動植物への深い共感は、私の心を温めてくれる。更にそれらは、解説の中でいくつか紹介したように、自分のアイルランドでの田舎暮らしに重ねて読むこともできる。こうした特徴こそが、いつの時代の、どんな文化的背景を持つ読者にとっても、芭蕉の句をアクセスしやすいものにしているのだ。

今、海外で俳句の人気は高く、沢山の人が句を作っている。だが、芭蕉をはじめ日本の俳句の翻訳を読むと、わかりにくい場合が多い。特に伝わりにくいのは、元の句の五・七・五のまとまりに従って、語順通り訳したものである。こうした状況を踏まえて私は、詠まれてから長い時間が経ち、文化が違う中でも、英語の詩としてはっきりとした意味を持ち、わかりやすい訳を目指した。

例えば、昔からとられてきた英訳の手法に俳句を一行で訳すというものがある。だが、私はあまり詩的でないと感じる。そのため、三行の詩の形にすることで俳句の五・七・五というリズムを表現しようと試みた。また、ある翻訳者は俳句の始まりの言葉を大文字にせず、最後の言葉の後にピリオドも打たないという。俳句には始まりも終わりもないという考えによるものらしいが、私はこれも不自然に感じる。芭蕉は一句の完全性を主張していた。私も彼の言う通り、俳句は句ごとに一つの完成した、ユニークな世界を持っていると思う。それゆえ翻訳にあたっても、それぞれの芭蕉の句が持つ世界の完全性を大切にしたい。

勇気のある人に運はついてくる

勇気を持って、困難に立ち向かいながら翻訳していると、時々幸運が味方してくれたようにすんなり良い訳が生まれることがある。

例えば、日本語による具体的な意味と抽象的な意味の掛詞の両方を取り入れて英語の詩に翻訳できることは稀である。だが、「蛤のふたみに別行秋ぞ」の句ではそれが成功したのだ。この句は「別れ」の解釈によって二つの訳が生まれる。一つ目の訳は貝の身が殻から剝がされるのと同じように、芭蕉が友人から自分自身を引き離さなければならないという解釈だが、二つ目の訳はもう少し柔らかい表現にした。どちらも貝の具体的な描写と、別れの悲しみという抽象的な表現が両立できた訳だが、個人的には一つ目の方が気に入っている。

そして、「旅人と我名よばれん初しぐれ」の句の英訳は意訳と言えるが、解説に書いたように、先人たちの影響や、これから旅人として人生を歩んでいく芭蕉の覚悟をよく表現した訳になった。

芭蕉は翻訳者である私に、無数の挑戦や喜びを与えてくれる存在である。これからも彼の残した句を訳す中で、新たな気づきを重ね、最高の訳を作るためのアイディアを進化させていくことが楽しみで仕方ない。その過程で、悩みや葛藤、悲しみ、発見、そして深い喜びに出会うことは、まるで自分も人生の中でもう一つの旅をしているようだ。

この本を読んだあなたも、一緒に旅を楽しんでくれたら嬉しい。

翻訳の過程で一つ大事なことは、先達の翻訳を参考にしつつ自分の訳を推敲することである。この本の執筆にあたり、主に次の本を参照し、金田房子氏・深沢眞二氏の論文を取り入れた。これらの本は解説を執筆する際の大きな助けとなった。

・雲英末雄・佐藤勝明訳注『芭蕉全句集　現代語訳付き』角川ソフィア文庫　角川学芸出版　二〇一〇年
・井本農一・堀信夫注解『新編日本古典文学全集70　松尾芭蕉集①』小学館　一九九五年
・井本農一・久富哲雄・村松友次・堀切実校注・訳『新編日本古典文学全集71　松尾芭蕉集②』小学館　一九九七年
・堀切実・田中善信・佐藤勝明編『諸注評釈　新芭蕉俳句大成』明治書院　二〇一四年

謝辞

調査、英訳、執筆、編集、この本を書くにあたってのあらゆる作業をサポートしてくれた藤田亜美さん、宗澤奈緒美さん、岡本光加里さん、素晴らしい編集をしてくださった講談社の見田葉子さん、多大なご協力を賜ったほぼ日の学校長河野通和さんに感謝を申し上げたい。インターンの古閑裕規さん、吉村仁志さん、峯脩人さん、古屋朋樹さんにも感謝する。また、いつも支えてくださる西田憲正さん、西田利香さん、佐藤美智子さん、佐藤孝雄さん、佐藤舞子さんにも感謝申し上げる。また万葉集の全訳プロジェクト実現の夢を与えてくださった田口義隆さんにも感謝申し上げる。

そして全ての業務、文章の執筆や編集のサポートで多大な貢献をしてくれた三津山憂一さんにも感謝申し上げる。三津山さんは自身もこれから新たな道へと旅立つので、この本がそのお供となって支えてくれることを願う。

常寂光寺の長尾憲佑和尚、天江英美さんと天江大陸さん、渡邉昌子さん、渡邉博司さんと朋子さん、才門俊文さんと弘子さん、森孝之さんと小夜子さん、鵜飼秀徳さんと桂子さん、宇野裕介さん、梶山寿子さんには京都に引っ越して来てから大変お世話になった。

また、私の翻訳や執筆活動に対して深く理解し、応援してくださる矢野和彦さん、杉浦久弘さん、林保太さんにも感謝申し上げる。

この本を執筆するにあたって協力してくれた友人のロバート・キャンベルさん、金春寿美子さん、五十嵐北斗さんにも感謝する。

そして、良き友人であり良き仕事のパートナーである杉野正弘さんは執筆の間にも松尾芭蕉に縁のある地をたくさん案内してくださり、私の旅の曾良となってくださった。心より御礼申し上げる。

最後に、多大なるご協力をいただいた金田房子氏に感謝の意を表する。

監修していただいた金田氏は松尾芭蕉の表現の魅力を追究することに情熱を持っておられ、翻訳にあたってはそれぞれの訳に豊富な知識と深い見識をもたらしてくださった。

金田氏と杉野氏にこの本を捧げたい。

ピーター・J・マクミラン

ピーター・J・マクミラン Peter MacMillan

翻訳家・詩人。アイルランド生まれ。アイルランド国立大学ユニバーシティ・カレッジ・ダブリンを首席で卒業後、同大学院で哲学の修士号、その後、米国で英文学の博士号を取得。プリンストン、コロンビア、オクスフォードの各大学で客員研究員を務める。渡日後は杏林大学教授、東京女子大学講師を歴任。現在は東京大学非常勤講師を務める。2008年に英訳『百人一首』を出版し、日米で翻訳賞を受賞。2016年に英訳『伊勢物語』、2018年に『百人一首』の新訳がPenguin Booksより出版される。また、アーティストとして「西斎」名義で版画の制作活動も行なっている。日本での著書に『日本の古典を英語で読む』『英語で味わう万葉集』など多数。朝日新聞で「星の林に」を連載中のほか、2022年2月より京都新聞で「古典を楽しむ」を連載予定。また、NHK WORLD-JAPAN「Magical Japanese」に出演中。

公式サイト　https://www.peter-a-macmillan.com

松尾芭蕉を旅する
英語で読む名句の世界

二〇二一年一二月八日　第一刷発行

著者……ピーター・J・マクミラン

発行者……鈴木章一
発行所……株式会社　講談社
東京都文京区音羽二－一二－二一
郵便番号　一一二－八〇〇一
電話　出版　〇三－五三九五－三五〇四
販売　〇三－五三九五－五八一七
業務　〇三－五三九五－三六一五

印刷所……豊国印刷株式会社
製本所……株式会社国宝社
本文データ制作……講談社デジタル製作

ISBN978-4-06-526349-5

KODANSHA